幸福のための努力論

THE VALUE OF MAKING EFFORT
FOR HAPPINESS

エッセンシャル版

幸田露伴　三輪裕範 編訳

Discover
ディスカヴァー

はじめに

幸田露伴といえば、『五重塔』や『風流仏』などの小説で有名な明治大正時代を代表する文豪として知られています。『五重塔』はまだ二十代半ばで書き上げるなど、まさに露伴は早熟の天才作家であり、特に明治二十年代前半の日本の文壇は、尾崎紅葉と並び「紅露時代」と称されたほどでした。

しかし、露伴の天分は単に小説家としての能力だけにとどまるものではありませんでした。露伴はそうした小説家としての能力だけではなく、諸事百般に通じた「百年に一人の頭脳」（小泉信三）の持ち主であり、特に漢文や仏教に関する造詣の深さには、専門家をはるかに凌ぐものがありました。そうした露伴の教養の深さや人間観、さらには、一人の人間としての露伴の人生に対する心のもち方や姿勢が最もよく表れているのが、本書でご紹介する「露伴の人生論の双璧」といわれている『努力論』と『修省論』です。

『努力論』については、私自身これまでにも拙著『人間力を高める読書案内』（ディスカヴァー携書）や『自己啓発の名著30』（ちくま新書）でも取り上げるなど、私の最も愛読する人生の指針となっている本です。

『努力論』に収められている各編は、もともと、明治の末に『成功雑誌』など当時の青年によく読まれていた雑誌に掲載されたものです。そのため、内容的には、青年や若者を中心とした人生に悩む人たちに向けて、どのような心のもち方をすれば人生を肯定的、前向きに生きていけるかということを、豊富な具体例と絶妙な比喩を用いて説いたものになっています。

中でも、「直接の努力」と「間接の努力」、「惜福、分福、植福」の「幸福三説」、「正、大、精、深」の「修学の四標的」といった露伴の所説については、よりよき人生を生きていくための指針として特に有名です。

そうした意味でも、まさに『努力論』は、世の中の酸いも甘いもかみわけた人生の達人である露伴から、自分の思う通りにならない人生に日々煩悶する人々を勇気づけるために贈られた「激励の書」であるといえるでしょう。

本書でご紹介するもう一つの書である『修省論』は、『努力論』の出版から数年遅れた大正三年に出版されたもので、両書の出版時期に大きな隔たりはありません。また、内容的にも、日々の絶え間ない向上心と小さな努力の積み重ねが大きな成功を生むという、露伴の人生に対する根本的な考え方は両書に流れる通奏低音として共通しています。

もっとも、両書で多少違うところもあります。それは、『努力論』では個人の生き方や心のもち方に焦点を当てた、比較的長い論文が中心となっているのに対して、『修省論』では個人の生き方だけではなく、当時話題となっていた事柄に関する中編の社会的、時事的論考がより多く見られることです。

また、内容に関するものではありませんが、両書にはもう一つの違いといえることがあります。それは、『努力論』は岩波文庫にも入るなど一般にもよく知られた書である一方、『修省論』についてはいまだに知る人ぞ知るといった感じの書となっており、一般にはあまり知られていないということです。

前記の通り、両書は「露伴の人生論の双璧」と称される名著ですが、それにもかかわらず、『修省論』についてはこれまでほとんど顧みられなかったのは本当に残念なことです。

それでは、なぜ『修省論』のような名著がこれまで忘れ去られてきたのかといいますと、その大きな理由の一つに露伴の文章の難しさがあるように思います。先述のように「百年に一人の頭脳」と称された露伴の語彙の豊富さたるや圧倒的なものでした。まさに露伴は、「博覧強記」という言葉を絵にかいたような人物だったのです。

もちろん、こうした他の追随を許さないような露伴の教養の深さと語彙の豊富さは、露伴の書く文章に独特の力強さと心地よいリズム感を与えています。実際、明治や大正時代の読者にとっては、露伴の文章は達意の名文として違和感なく読めるものでした。

しかし、残念なことに、漢文や仏教に関する十分な知識のない現代の読者には、見たことも聞いたこともないような漢語や四文字熟語が頻出する露伴の文章は非常に難解であり、原著を読んでもなかなかすんなりと理解することは難しくなっています。

そこで、本書では、そうした露伴の難解な文章を平易な現代文に書き直した上で、原著に見られる繰り返しや冗長な部分を大胆に削除して、『努力論』と『修省論』の最も重要なエッセンスを抜き出し、現代の読者にも読みやすいように編集しました。

先述の通り、『努力論』『修省論』が書かれたのは、今から約百年も前の明治の末から大正の初めにかけてのことでした。そのため、両書の内容にはどうしてもその当時の時代的制約というものがあり、現代の読者にとっては、あまり馴染みのないもの、あるいは、多少古臭いと感じられるものも入っています。また、両書の題名である「努力」や「修省」という言葉も今ではあまり流行らず、そこに多少の古臭さや抹香臭さを感じる方もいらっしゃるかもしれません。

しかし、露伴が『修省論』の中でも言っているように、新しさや古さというのは善悪とはまったく関係ないものであり、「価値のある古さこそが大切」です。その意味でも、露伴が『努力論』と『修省論』の両書の中で言っていることは、まさにこの「価値のある古さ」であり、過去、現在、未来を問わず、いつの時代においても輝き続ける人間の英知であるといえるでしょう。

これまで、私は自分の生き方に迷ったときや、仕事上の人間関係などで悩んだときなどには、いつも『努力論』と『修省論』を読み返してきました。そして、そのつどこの両書は私に新たに前向きな気持ちで生きていく勇気を与えてくれました。読者の皆様にとっても、本書がこれからの人生を力強く生きていく上での一助となることを心から願っています。

三輪裕範

本書は２０１３年11月に小社より刊行された『超訳 努力論』から１７３の言葉を厳選し、文庫エッセンシャル版として再編集したものです。

CONTENTS

II　幸福を引き寄せる

III　目標に向かって進む

IV

無理のない生き方をする

V　自分の「気」をコントロールする

VI

高級な感情を育てる

VII シンプルな生活を送る

VIII

自分と人の能力を伸ばす

IX 事業を発展させる

X 人間関係を築く

I 努力で運命を切り開く

努力で運命を切り開く

〇〇一

人間は努力するように生まれてきた

われわれは、自分が努力したことの成果があがらず、無駄になってしまうことを嘆いたりすることがある。しかし、努力の成果があがるかあがらないかによって、努力するかしないかを決めてはいけない。

努力は成果と関係なく、するべきものなのだ。そもそも、努力というのは、常に成長していきたいという情熱をもって生まれた人間本来の姿なのだから。

二種類の努力を忘れるな

努力というものは、よく見れば二種類ある。一つは「直接の努力」。もう一つは「間接の努力」である。

直接の努力というのは、さしあたっての当面の努力で、目の前のことに全力を尽くすことだ。

その一方、間接の努力というのは、将来に向けて準備を行う努力、基礎となる努力だ。

たとえば、基礎となるデッサンを勉強せず、ただ自己流に絵を描いているのでは、いくら一日中食事もせず必死に描いたからといって傑作は生まれないだろう。努力には直接、間接の二種類があることを忘れてはいけない。

努力の方向を間違えてはいけない

人間はある程度努力すれば、それに見合った結果が得られる。しかし、努力したにもかかわらず、よくない結果に終わることもある。

なぜそうなるのか。それは、努力の方向が悪かったからか、そうでなければ、間接の努力をせずに、直接の努力だけをしたからである。

自分にとって無理な願望に向かって努力するのは、努力の方向が悪いということだ。しかし、無理だと思えないような願望なのに、それに向かって努力してもよい結果が出ないとすれば、それは間接の努力が欠けているからだ。

「努力している」と思っているうちはまだダメだ

努力することは素晴らしいことである。しかし、自分が努力していると思っているうちは、まだまだダメだ。そこにはまだ自分の中にやりたくない気持ちが残っていて、それでも無理にやっているという不自然さがある。

努力している、あるいは、努力しようとしているという意識をもたず、自分がやっていることが自分にとって自然であると感じられるような努力をしよう。それこそが努力の真髄であり、醍醐味なのだ。

運命に泣き言を言うな

自分は運が悪いなどと泣き言を言って、他人の同情を買おうとするようなやつはつまらない人間である。

意志が強い人間なら、自分の未来は自分で切り開いていくものだ。運命など口にすべきではない。

自分の運命というのは、自らが大きなオノをふるい、ノミを使って、自分の力で刻んでいくものである。易者や占い師などが言うような、運命は前もって決まっているとする「運命前定説」に縛られてはいけない。

中国古代に書かれた『荀子』では、人相と運命が関係ないことが説かれている。同じく『論衡』という書物でも、生年月日と運命が関係ないと説かれている。二千年以上も前に、すでに「運命前定説」を否定する考えが存在したのに、この現代に、まだそれを信じているというのは本当に情けないことだ。そんなことで悩んだり苦しんだりしていてはいけない。

運命は自分で支配せよ

運命に支配されるよりは、運命を自ら支配したいと願うのが、われわれの自然な思いだろう。

それなら、なぜ自らを卑下したり、自分自身がもっている能力を過小評価したりするのか。そんな必要はない。もっと自信をもって前に進み、自分の運命を切り開いていけばいいのだ。

成功者は運命を忘れ、失敗者は個人の力を忘れる

川をはさんで同じような村があった。左岸の農夫は豆を植え、右岸の農夫も豆を植えた。ところが、秋になって洪水が発生し、左岸の堤防は決壊したが、右岸の堤防は決壊を免れた。

このとき、左岸の農夫は運命が自分に味方してくれなかったことを嘆いた。右岸の農夫は自分が汗水垂らして一生懸命働いたからこそ決壊を免れ、収穫を得ることができたと考えた。

このどちらか一方だけが正しいというわけではない。どちらにも、天運も人力の影響もあったのだ。

ただ、左岸の農夫は人力のことを忘れて運命のことだけを言い、右岸の農夫は運命のことを忘れて人力のことだけを言ったにすぎない。人力や運命が一方だけにかたよっていたわけではないのだ。

他人に責任転嫁をするな

幸運を引き出す人は常に自分を責めるものだ。自分の手のひらから赤い血を流しながら、苦痛に耐えることによって運命の糸を動かし、ついには幸運の神を引き寄せる。

こういう人はいつでも、自分を責める精神に富んでいる。失敗や過失などすべて好ましくないことについては、その原因は自分一人にあると考える。決して部下や友人、他人を責めるようなことはしないし、運命を恨むようなこともしない。

反省が成功の最大の秘訣

自分を責めることほど、自分の欠陥を補う上で大きな効果があるものはない。そして、自分の欠陥を補うことほど、成功者になる可能性を与えてくれるものもない。

また、このように自らを責めることほど、他人の同情を引くものはなく、他人の同情を引くことほど、確実に成功に近づく道もないのだ。

他人を恨めば不運を招く

不運を招く人は、いつも自分を責めずに、他人を責め、恨む。また、いつも柔らかくて手触りのよい綱ばかりをつかんで、自分の手のひらを痛めようとしない。そのため、醜悪な不運の神をいとも簡単に引き寄せてしまうことになるのだ。

自分の手のひらから赤い血を流すほど自分を責め続けるのか、それとも、いつも柔らかくてすべすべしたものばかりを握っていたいのか。

この違いは、自分の運命が将来よくなるか悪くなるか、その明確な目安になる。あなたは幸運の神を引き寄せたいのか、それとも不運の神を引き寄せたいのか。

どこから手を着けるかが重要だ

経営を学ぶにしても、建築を学ぶにしても、あるいは絵や書道を学ぶにしても、どこから手を着けるかを常に意識して学ばなければ、百日たってもその第一歩にも到達できない。

どんなことでも、まずはどこから手を着けるかという着手ポイントを適切に知ることが大切だ。その上で、そこに全力を傾けて成果をあげてこそ、はじめて進歩するのである。

昨日と同じ自分でいるな

同じコインは同じ価値しかもたない。

もし今の自分が昨年や一昨年の自分と同じなら、自分が受け取るべき運命も同じはずである。つまり、新しい自分を造り出さないかぎり、新しい運命を獲得することはできないということだ。

同一の自分は同一の状態を繰り返すだけである。

自分の能力を引き出してくれる人に従え

あまり能力があるようには思えなかった人が、数年間ある上司の下についたところ、突如として頭角を現してくることがある。

その人のことをよく見てみると、以前のような凡人ではなく、優れた人物に変貌している。

これは、その人が上司のおかげで新しい自分を造り出し、自分の新しい運命を獲得できたからだ。

自分の運命を切り開きたかったら、自分の能力を引き出してくれる人に近づくのも一つの方法である。

努力で運命を切り開く

〇一四

従うと決めた人の一部分であるかのように

他の人の力を借りて自己を変革しようと思ったときに大切なのは、それまでの自己を捨ててしまうことである。それまでの自分の習慣や考え方を大切に守っていたいのであれば、他人に頼ることもない。そのまま自分一人でやっていけばいい。

しかし、もしそうでないなら、他の人に素直に従って、自分の考えだとか自分の利益だとかを捨て、その人の一部分であるかのように行動するべきである。それは決して恥ずかしいことではなく、むしろ立派なことなのだ。

現状に満足してはいけない

国家のレベルで見ても、新しい自分を造り出そうとする人が少なくなれば、その国は老境に入ったことになる。

つまり現状に満足することは、進歩を止めるということなのだ。

現状に不満を抱き、そうした不満を改善しようとし、未来に希望をもって新しい自分を造り出していこうとする、そんな強烈な意志こそが、人間が生きていることの意味なのだ。

昨日の自分を弁護するな

これまでの自分に不満を感じるのなら、それを改めればいい。ところが、人間はやはり昨日の自分に愛着がある。

なんだかんだと理由をつけて昨日の自分を弁護しつつ、昨日よりもよい結果を得たいと望む。しかし、それは無理というものだ。

自分を新しくしようと思うのであれば、つらい思いに耐えて、昨日までの古い自分に打ち勝たなければならない。

II

幸福を引き寄せる

幸福を得たかったら「惜福」の工夫をせよ

「惜福」とは、福を使い尽くしてしまわないことである。

世の中でどんな人が幸福になり、どんな人が幸福にならないのかとよく観察してみると、その間には微妙な差があることがわかる。

第一に、幸福になる人の多くは惜福の工夫のある人であり、そうではない非運の人は、その十中八九が、少しも惜福の工夫をしない人なのだ。

福を惜しむ人が必ず幸福になるとはかぎらないが、惜福の工夫と幸福との間には強い相関関係がある。

幸運に出会っても、調子に乗って使い果たすな

「幸運は七度人を訪れる」ということわざがある。どんな人にも幸運に出会えるチャンスがあるのだ。

ただそのとき、調子に乗りすぎて出会った幸運を使い果たしてしまうのは、福を惜しまない行為だ。控えめにして、自らを抑制することこそが惜福なのである。

惜福は「ケチ」ではない

他人が自分のことを非常に信用してくれて、一千万円ぐらいなら無担保無利子で貸してもよいと言ってくれたとする。そんなときは、喜んで借りても何の問題もない。

しかし、惜福という観点からすればそれでは不十分だ。一千万円のうち数百万円だけを借りる、あるいは担保を提供して借りる、または正当な利子を払って借りるというのが、本当の惜福なのである。

つまり、一千万円すべてを借りることができるという自分の福を使い果たさずに、そのうちの一部分を別に置いておくこと、これこそが惜福の工夫である。惜福は単なる倹約やケチとは根本的に違うのだ。

徳川家康は惜福の天才だった

歴史上の人物を見ると、徳川家康は豊臣秀吉に比べて、器量の面では一段も二段も劣っていたかもしれない。

しかし、家康は惜福の工夫においては秀吉に数段優《まさ》っていた。家康は自分にはれ物ができたとき、その膿《うみ》をふいた一片の紙さえも捨てずに大切に使ったといわれているぐらい惜福の才があった。

それに対して、秀吉は贅を尽くして聚楽第《じゅらくてい》を建設するなど、惜福の工夫においては家康の足元にも及ばなかった。

まさに家康にはこうした惜福の才があったからこそ、その後二百六十年にもわたる徳川幕府の礎を築くことができたのだ。

福を惜しむ人は、人に愛され信頼される

福を惜しむ人は何度も福に出会う一方、福を惜しまない人はなかなか福に出会うことができない。これは誰もが認める人生の真実だが、その本当の理由についてはわからない。

しかし、あえてこれを解釈するなら、福を惜しむ人は人に愛され信頼される一方、福を惜しまない人は人に憎悪され危険視されるところがあるからかもしれない。

「分福」は積極的な行為だ

惜福も大切だが、福を人に分け与えるという分福はもっと大切だ。

惜福というのは自分自身に関わることが中心だから、どちらかというと消極的な感じがある。

それに対して、分福というのは他者にも関わることだから、惜福に比べ、より積極的なものであるといえる。

人に分け与えることは自分を幸福にする

分福とは、自分のもっている福を人に分け与えることだ。

たとえば、自分が大きなスイカを手に入れたとする。そのすべてを食べてしまわずに、いくらか残しておくことが惜福である。

それに対して、スイカを人に分け与えて、他者と一緒に味わうという二重の幸せを得ることが分福ということである。

福を独占するのは卑劣な行為だ

世間には、大きな福を有して（有福）豊かでありながら、欲が深いために少しも分福をせず、それどころか、心配ごとは人に与えても、よいことだけは自分が独り占めするような人間がいるものだ。

そのような卑劣な行為をしながら、自分には知恵があるのだと、心の中でひそかにほくそ笑むような低級な人間が、残念ながら世の中には実に多い。

河に酒を注いで、兵と分かち合った武将

昔の武将の伝記を読んでいると、部下の兵たちに福を分かち与えるために、いかに武将たちが臨機応変に対応したかがよくわかる。

兵の数が多いにもかかわらず少量の酒しかなかったとき、ある武将はその酒を河に流して、兵たちとともにその酒を味わったという。

もちろん、河の中に少量の酒を流したとしても、誰も酔うことなどできるわけはない。しかし、それでもなお、自分一人で酒を飲んで福を独り占めするのに忍びなく、これを部下の兵たちと分かち合おうとしたこの武将の心は実に温かく、慈悲の徳にあふれた人物だったといえる。

兵たちは、酒が少しだけしか流れていないこの水をすくって飲んだところで、酔うようなことはなかった。しかし、この武将の温かい心遣いには酔わずにはいられなかったのだ。

福を分かつ心は春風のようにやわらかく温かい

慈悲の深さをあらわすものは二つしかない。

その一つは、人の憂いを分かち合って除いてやることだ。

もう一つは、人のために自分の福を分け与えてやることだ。人に福を分け与える心というのは、春風のようにやわらかく温かいものである。

福を分かち合わない人は人の上に立てない

惜福の工夫と分福の工夫とを兼ね備えた人は、それだけで福人である。しかし、実際のところ、世の中をよく見れば、福を惜しむ人の多くは福を人に分け与えず、福を人に分け与える人の多くは福を惜しまない。

福を惜しむ工夫のない人は、人の下につく人であり、大切にされる人ではない。また、福を人に分け与える工夫に乏しい人も、人の上に立つことはできず、決して人から信頼される人にはならない。

利益を独占すれば利益を失う

かりに、ここにある商店の主人がいたとしよう。そして、その主人が自分の利益を必ず従業員に分け与えたとするならば、従業員たちも、主人の利益は自分たちの利益にもなるということで、一生懸命仕事に励み、主人に利益をもたらそうとしてがんばることだろう。

それに対して、主人が利益を独り占めして、従業員に対して何ら利益を分け与えない場合はどうだろうか。

従業員たちも、いちおう労働力に見合うだけの報酬は受け取っているので、文句は言わないかもしれない。しかし、主人の利益がそれ以上あがろうがあがるまいが、自分たちにとっては痛くもかゆくもない話だ。

そうなると、主人のためにもっとがんばって利益をもたらそうとする気持ちもなくなり、結果的には、主人はより多くの利益を得る機会をなくしてしまうことになるのだ。

大成するには他人の力も必要

分福の工夫に欠けた人は、自分の力だけしか頼りにすることはできない。そのため、他人の力によって福を得ることができないというのが、この世の現実である。

大勢の力を合わせれば合わせるほど大きくなるように、知恵も人の知恵を使えば使うほど大きくなるものだ。かぎりある一人の力だけでは、何事も大きなことを成し遂げられるものではない。

だからこそ、大きな福を得ようとするならば、必ず人に福を分け与えて福を独り占めせず、周りの人からあの人に福が来るようにと願ってもらえるようになることが大切なのだ。

「植福」こそ最高の福である

有福、惜福、分福、これらいずれの福もすべてよいことだ。しかし、これらの福のどれにもまさって卓越しているのは「植福」である。

植福とは、自分の力や感情、知恵などを使って、世の中に幸福をもたらす物や情趣、あるいは知識で貢献するということである。

つまり、世の中の幸福を増進し育てていく行為を植福というのだ。

植福は自分と社会に二重の喜びをもたらす

植福という行為には二重の意義があり、二重の結果を生むことになる。それでは、何を二重の意義といい、何を二重の結果というのか。

まず植福という行為は、自分の福を植えると同時に、社会の福をも植えるという点で、二重の意義があるといえる。

また、植福をすれば、やがて自分が福を刈り取るときに、社会も福を刈り取ることができるという意味で、二重の結果を生むことになるのだ。

小さなことの積み重ねが大きな未来につながる

新たにリンゴの種をまいてこれを成木に育てることや、苗木を植え付けてこれを成木に育てることは植福である。

また、悪い木によい木を接ぎ木しておいしいリンゴを実らせたり、害虫によって枯れそうになっているリンゴの木を薬品で蘇らせたりすることも植福であるといえる。

こうしたことを、たかが一株のリンゴの木の話ではないかといってバカにしてはならない。一株の木でも、いずれは数十、数百の実を結ぶようになる。また、その一つのリンゴの実から、今度は数株、数十株の木が生まれるように、実と木が相互に循環して、末永く繰り返すことになるのだ。

たしかに一株の木を植えること自体はほんの些細なことだろう。しかし、その行為は無限に広がった未来へとつながっているのである。

文明は先人の植福のおかげだ

昔の人々に比べて、今日のわれわれは大いなる幸福に恵まれている。これはすべて、先人が苦労して植福してきたおかげである。

すなわち、よいリンゴの木をもっている人は、よいリンゴの木を植えた人の恩恵を受けているのであり、すでに先人の植福の恩恵を受けているわれわれ自身も、植福を行って、その恩恵をわれわれの子孫に贈っていかなければならない。

文明というのはすべて先人が植福を行った結果なのである。

徳を積み知識を増やせ

人間として徳を積むことや真の知識を増やしていくことは、人類の幸福の源泉である。

木を植えて福を後世に贈ることも大切な植福だが、人間として徳を積み、知識を増やしていくことは、それ以上に価値のある社会的な植福行為である。

その意味でも、人は何にもまして、人間として徳を積み、知識を増やしていくことを目指さなければならない。

福を植える人は敬愛される

有福というのは祖先のおかげであり、それ自体は何ら尊敬に値するものではない。それに比べると、惜福の工夫がある人は多少尊敬すべきである。また、分福の工夫ある人については、それ以上に尊敬すべきである。しかし、真に敬愛されるべきは福を植える人である。

福を惜しむ人は福を保つことができるだろうし、福を人に分け与える人は福を為すことができるだろう。しかし、子々孫々に受け継がれていくような福を造り出せるのは福を植える人だけなのだ。

III

目標に向かって進む

すべての文明は人間の努力の結果だ

人間の行動は多くのものに分類することができる。そうした中でも、努力というのは人間の最も高貴な行動である。

努力に似た言葉として「奮闘」という言葉があるが、これは仮想の敵を想定した場合などに用いる言葉である。それに対して、努力というのは敵がいるかどうかにかかわらず、自分の最善を尽くして事にあたるという意味をもつ。その点では、奮闘という言葉がもっている感情や意味よりも崇高・公正だといえるだろう。

もともと世界のすべての文明は、この努力という二文字に根ざしたものであり、そこから芽を出し、枝をつけ、葉を伸ばし、そして花を咲かせた結果なのである。

努力なしには何事も成し遂げられない

世界の各時代の優れた人物の成し遂げた業績について考えてみると、それは努力の結果のように見えることもあれば、単に自分が好きなことをした結果のように見えることもある。

つまり、人の観察や解釈の仕方によってどのようにでも受け取れるのだ。

しかし、これをよくよく見てみると、好きなことをした場合でも、それに努力が伴っていなければ、その進行も止まっていただろう。

また、かりにその進行が止まっていなかったとしても、その結果が偉大なものになることは決してなかっただろう。

好きなことをするのにも努力が必要だ

どんなに園芸が好きな人でも、園芸作業をしていて苦痛を感じるときがあるだろう。非常に寒いときや暑いとき、あるいは、害虫駆除の手間など、努力しなければ途中で投げ出したくなるようなこともよくある。

このように、好きなことをするといっても、途中で自分にとって好ましくないことが起きることは、人生においてはよくあることだ。そのような好ましくないことが起きたときにも、自分の感情に打ち勝って、目的に向かって進む、それこそがまさに努力ということなのだ。

人生の唯一の味方は努力だ

たとえ、あることがどれほど好きでも、また、それを行う能力がどれほど高いとしても、それをすることが好きだからというだけで物事がうまくいくことは、現実の人生においてはほとんどない。

人生にはさまざまな障害や失敗が伴うものである。それに打ち勝って、前進していく原動力になるのが努力なのだ。

歴史上の偉人は誰を見ても、人一倍努力することによって、はじめて成功していることがわかる。

それほどの才能も徳もないわれわれ一般人にとっては、努力こそが唯一の味方なのである。

努力の積み重ねが天才を生む

偉人たちの伝記を読んでみても、努力していない人を見つけることはできない。特に各種の発明者や新説の提唱者、真理の発見者たちというのは皆、まさに努力によってそうした一大事業を成し遂げている。

天才というのは一瞬にしてアイデアがひらめいたり、あるいは、生まれながらにして知恵と勇気を兼ね備え、何事も簡単にできる人のように思われているが、それは真実ではない。

では、そうした個人の優れた才能はいったいどこから来たのか。それは、その人の先祖の努力の堆積によるものであり、それがその人の血の中に宿っているのだ。

人生で最も尊いのは努力だ

世の中の優れた人というのは、天賦の才能の持ち主というよりも、優れた気質の遺伝、つまりは不断の努力の堆積の相続者であると考えるべきだ。

こうした見方は英雄や聖人賢者各人の偉大さを過小評価しているように見えるかもしれないが、決してそうではない。

なぜなら、努力というのは人生において最も尊いものであり、英雄や聖人賢者自身がそうした尊い努力を不断に続けた人たちだったからだ。

人生の意義は努力することにある

われわれは、できるだけ努力しないで物事を成し遂げようという身勝手な考えをもってしまいがちだが、これは大きな間違いである。

努力以外にわれわれの未来をよくするものはない。また、努力以外にわれわれの過去を美しくするものもない。

すなわち、努力とはわれわれ自身の生活を充実させるものであり、各個人の発展につながるものである。そして何よりも、人生の意義そのものなのだ。

明確な目標をもって学べ

弓を学ぶには的がなくてはならない。船を進めるにも道を行くにも、目的地がなければならない。

それと同じように、人が世の中に出て仕事をしていく上での基礎となる教育についても、その教育を受ける人間には明確な目標がなければならない。的がなくて弓を学べば、弓の技術は空しいものになる。また、目的地がなければ船は漂流して行き場をなくすし、目的地をもたずに道を行けば、日が暮れても泊まるところはなく、食べ物にもありつくことができない。

学ぼうと思ったら、明確な目標をもたなければならない。

学問の目標は「正・大・精・深」

教育を行う人や教育を受ける人、あるいは、教えてくれる先生がおらず独学する人に対して、私が目標とすることを勧めるのは、「正」、「大」、「精」、「深」というわずか四つのことだ。

これら四つのことは、学問を修め、身を立て成功し、立派な人間になろうとする人なら、その眼は必ずこれに注がれ、その心は必ずこれを思い、その身は必ずこれに従わなければならないものである。

この四つを目標として進んでいけば、ときには途中で少しつまずくようなことがあっても、最後には大いに成長して目的を達することができる。

「正」……奇書や奇説に惑わされるな

「正」とは、横道にそれたり一方に偏ったりしないことである。

学問するにあたって、人に勝ちたいと強く思うことは決して悪いことではない。しかし、人に勝とうとする気持ちの強い者は、バランスを失いがちになる。人の知らないことを知り、人の思わないことを思い、人がしないことをしようとする傾向が生じて、知らず知らずのうちに小さな間違った道に迷い込んでしまう。

努力してこうしたことを避け、自ら正していかないと、あとあとになって大きな損失を招くことになる。奇書を読むことも、奇説を信じることも、そして、普通のことは面白くないとして怪しくて珍しいことだけを面白がることも、正を失っていることになる。

「正」……学問の正道を歩め

学問にはそこから入るべき大門があり、歩んでいくべき正道というものがある。師はこれを教え、まずは平坦で歩きやすい大きな道を行かせて、そのあとになって、それぞれが目指すところへと導いてくれる。

それにもかかわらず、最初に自分の意見を決めてしまい、大したことのない知識を振りかざして、大門からはずれた脇の門や狭い道を好んで走ることは決してよい結果を招かない。

「大」……自分の限界に挑戦せよ

学問を修めるにあたっては、最初から自分の学ぶ範囲を限定してしまい、自分を大きくしようという気持ちがないのはダメだ。

学問を志す以上は、常に自分を大きくしようと思わなければならない。学問をしている間は、できるかぎり自分の限界に挑戦して新しい境地を開拓し、知識を広げて自己を拡大しようと望むべきである。

「大」……人は学べば大となる

学ぼうと思ったら、自分を卑下してはいけない。もちろん、うぬぼれることはよくないが、大きくなろうとして努力することが最も大切なのだ。

人は学べば大となり、学ばなければ永久に小にとどまる。

「精」……精密さを心がけよ

人の心は非常にせわしなく、学問をするのでも何をするのでも、ただ速いことだけに努力して、精密さを心がけないところがある。これもまた世の流れであり、いちがいに個人を責めることはできない。

しかし、不精ということは、どんなことであるにせよ、好ましいことではない。矢を作るときに精密さを欠けば、的に当てることはできない。源為朝のような弓の名人が弓を射たとしても、矢がまっすぐではなく、羽が整っていなければ、うまく当たるはずがない。これと同じように、学問も「精」を欠けば失敗する。

「深」……守備範囲を広げすぎるな

「深」は「大」とは違うが、これも学問を修めるときの目標とすべきものだ。「大」だけに努めて、「深」を求めなければ浅薄となる。

また、「精」だけに努力して、「深」を求めなければ、物事にこだわりができて停滞してしまう。

そして、「正」だけを求めて、「深」を求めなければ、大ざっぱで奥行きのないものになってしまう。

井戸を深く掘れば水は必ず出てくるように、学問も深く探求すれば必ず結果が得られるものだ。学問をするときに偏狭であってはいけない。しかし、守備範囲を広げすぎて浅薄になってしまうのはもっといけない。

「深」……自分の専門分野を深く究めよ

人の力には限界がある一方、学問の世界は広大だから、人はすべての学問を深く探求することはできない。したがって、自分が深く探求しようと決めた分野は限定されたものでなければならない。

すべての学問分野を深く探求しようとすれば、その人が万能でないかぎり、精根尽きて神経が疲れ果て、苦しむことになるだけである。その意味でも、「深」を追求するのは自分の専門分野だけに絞ったほうがいい。

高い志をもて

「志を立てる」とは、あるものに向かって心の方向を確定するということだ。志を立てるときには、その志が堅固であることを願う前に、まずはそれが高いものであることを願うべきである。そして、そのあとになってはじめて、堅固なものにしていくべきなのだ。

自分の性格に合った志をもて

志は高ければ高いほどよい。しかし、すべての人が同じ志をもつことはありえない。だからこそ、人は自分の性格に基づいて、自分が最善と思うことに心を向けていくべきなのだ。

政治や宗教の世界で最高位を極めて世の中を改革しようとか、学問や教育、美術などで最高の境地に達して、世の中に最高の感動を与えようとか、同じ最高とはいっても、人によってそれぞれ目指す分野は違っている。このように、人によって最高位を志す分野がそれぞれで違っているのは、各人の性格が違うからだ。

ある人がある分野で最高位を志した場合、その人の性格がそれに適したものであれば成功するだろうし、適していなければ失敗する可能性が高くなる。その意味でも、物事の選択にあたっては、自分の性格に合ったものであるかどうかということが決定的に重要になってくる。

的を絞れば成功する

仕事にかぎらず、趣味のような日常の些細なことにおいても、最高のものを目指すという志をもちたいものだ。

世の中には、何をしてもものにならず、最低のレベルで終わってしまう人がいる。その一方で、日ごろから的を絞って深く勉強し、その知識にかけては誰にも負けないという人もいる。こういう人こそが、ある特定の分野において、誰にも負けない最高位につけるのだ。

どんなに凡庸な人でも的を絞って狭い特定の分野での最高位を狙えば、その成功は決して夢ではない。

IV

無理のない生き方をする

「やわらかみ」と「あたたかみ」をもて

人間の性格にはいろいろなものがあるが、なるべくなら「やわらかみ」と「あたたかみ」をもちたいものだ。

そして、物事を助け育てるという「助長の作用」は行っても、物事を切り刻んで殺してしまうような「剋殺《こくさつ》の作用」だけは行いたくないものである。

たとえば、朝顔の苗が根付いたとすると、それに適度な水と肥料を与えてやる。そして、つるが伸びてきたら、それが巻きつけるような柱を立てて倒れないようにしてやり、ていねいに害虫を取り除いてやるのが「助長」である。

それに対して、理由もなく芽を摘み取ったり、葉をむしり取ったりして成長を阻害するような行いが「剋殺」ということだ。

助長の心で人に接しよう

少なくとも悪い考え方をして悪い行動をとる人でないかぎり、その人に対して「剋殺」の態度で接してはいけない。人には「助長」の心で接するべきである。

たとえば、ここにある人がいて、あることをしたいと思っているとした場合、もしそれがよくないこと、あるいは、凶悪なことであるなら、当然、それはやめさせるべきだ。しかし、そうでないなら、助長の心をもって後押ししてやろう。

四季は人間に大きな影響を与えている

それぞれの時代は、その時代に生きた人間に大きな影響を与えるものだ。それと同じように、一年という短い時間の中にあっても、四季それぞれは人間に対してさまざまな影響を与えている。

たしかに、一年というのは短い期間である。しかし、春には春の、夏には夏の、秋には秋の、冬には冬の力があるように、四季それぞれの力が人間の感覚や行動を支配している。

自然に順応して生きよ

人間は自意識が過剰である。そのため、自分の行動はすべて自分がコントロールしているように感じ、自然がこれをコントロールしているようには感じない。

しかし、このように考えるのは、自分の手で自分の目を隠しているようなものだ。人間が他の動物よりも優れているのは、自意識が強いことに由来しているのだが、それだけですべてがうまくいくわけではない。

太陽の熱は、自意識が強いものにも、そうでないものにも同じように降り注ぐ。四季の循環もすべてのものに平等に行われている。

自意識が過剰だと、自然が人間に与えてくれる恩恵が見えなくなってしまうが、人間が四季の影響を受けているのは、植物や動物が四季の影響を受けているのとまったく同じである。

四季が与えてくれるものに逆らうのではなく、うまく順応して生きていくのが最も賢明な生き方というものだ。

病気を自分で招き寄せていないか？

病気は誰であっても嫌なものだ。しかし、病気というものを冷静に観察してみると、病気がやって来るのには二つの道があることがわかる。

一つは自分が「招かないのにやって来た病気」であり、もう一つは自分が「招き寄せた病気」である。

避けることができたはずの病気になったとすれば、それは自らが「招き寄せた病気」であるといっていいだろう。

世の中を見てみると、自分では「招かないのにやって来た病気」だと思っていても、実際には、自らの不注意や知識不足がその原因になっていることが多いものだ。

病人には心からの思いやりを示せ

病人に対して「あまり心配しないように」とおざなりな言葉をかけたとしても、それは無益なことだ。

それよりも、病人に対しては、ただ心からの思いやりを向けることが何よりも大切である。病人に対する思いやりは、手足をくじいた人に対するギプスのようなもので、薬や手術のような直接的な効き目はないが、知らず知らずのあいだに病人の役に立っている。

病人に対して他人ができることは、病人を温かい気持ちで包み込んであげることだけであり、決して干渉がましいことを言ったりしてはいけない。

健康になるために積極的な努力をせよ

正常な健康状態を維持することは、病気を退ける上での王道であるが、そのことについてはもっと積極的に考えたほうがいい。

つまり「病気にならないようにしよう」と消極的に考えるのではなく、「今よりもっと健康になろう」と、より積極的に考えることが大切なのだ。

その意味では、自分の体力を普通の人よりもっと優れたものにしようと意欲的に生活することは非常に効果的である。

単に普通であることを願っているだけでは、普通であることさえ難しいことが多い。普通よりももっとよくなろうと願って、やっと普通ぐらいにたどり着けるものだ。

本来の身体機能を使えば健康になれる

人間は本来備わった身体機能をうまく使えば、病気になることはない。人には筋肉が備わっているのだから、存分に筋肉を使ったほうがいい。

もし筋肉を使わなければ、筋肉は日に日に衰えて、体も衰弱していく。また、人には呼吸器もある。これも酷使せずにうまく使っていくべきである。

体の諸器官を無理せずにうまく使っていけば、人間は本来もっている能力を存分に発揮して、健康を維持することができる。

V

自分の「気」をコントロールする

「静かな光」と「動く光」

光には「静かな光」と「動く光」という二種類がある。

静かな光とは、密室の中の灯のようなものである。動く光とは、風が吹いている野原の焚火のようなものである。

光そのものはどれも同じ力をもっている。しかし、静かな光と動く光とでは、その働き具合は同じではない。

室内の灯は細かい字の本でも読ませてくれる。しかし、風の中の光では、かなり大きな字の本でも読みづらい。

静かな光と動く光とでは、その働き具合に大きな差がある。それと同じように、静かに定まった心の働きと、動き乱れた心の働きにも大きな差があるのだ。

「気が散る」状態では何でもうまくいかない

「気が散る」、すなわち散乱心というのはよくない心の動きである。動き乱れた心は風の中の灯のようなものであり、その照らす働きは十分ではない。

散乱心には有時性と無時性の二種類がある。

まず有時性の散乱心とは、今日は法律を学んでいるかと思えば、明日は医学を学ぶ、あるいは、今月は文学を勉強しているかと思えば、来月は軍事学を勉強しているというようなことをいう。

それに対して、無時性の散乱心とは、一時に二つも三つものことを考えて、物事に集中できないことをいう。どんなに優秀な人でも、散乱心がある状態では不十分な仕事しかできない。

成績のよくない学生を見ると、その多くは聡明さに欠けているというよりも、気が散って集中できない性格であることが多い。また、世の中で失敗した人を見ても、散乱心という悪癖をもった人が実に多い。

「気が凝る」ことも要注意

「気が散る」ことの反対に「気が凝る」ということがある。この「気が凝る」ということもあまり好ましいことではない。ただし、場合によっては、「気が凝る」ほうが「気が散る」よりもいいことがある。

たとえば、芸術などの分野で凝れば、決して最高とはいかないまでも、何らかの結果を残すことはできるので、これは気が散るのに比べればまだいいといえるだろう。

しかし、賭博などに凝るということになると、これは気が散るよりももっと悪いことになる。

人間は小さな造物主になれる

人間はただ単に生まれて死んでいくことだけをよしとしていてはいけない。人間は他の一切の動物に超越し、前代の文明に超越し、そしてまた、自己をも超越していくことを望むものだ。

これは大いなる造物主が人間にだけその意志の中に参画してくることを許しているということである。これは、言い換えれば、人間は小さな造物主になり得るということなのだ。

するべきことをし、思うべきことを思う

どうしたら気が散るのを直せるだろうか。

元来、気が散るというのは、「するべきことをせず、思うべきことを思わず、してはいけないことをし、思ってはいけないことを思う」ことから生じている。

そうであるならば、まずは自分の心をよく治め、意志を強固にして、思うべきことを思い、するべきことをしようと決意し実行することこそが、第一にすべきことなのである。

どんなに些細なことでもいい。まずは、「するべきことをし、してはいけないことをせず、思うべきことを思い、思ってはいけないことを思わない」ということを決意し実行することだ。

今していることに集中せよ

どんなことであっても、何かをしているときにはそれに集中するという「一事一物主義」を徹底することが大切だ。

最初のうちは非常に煩《わずら》わしく感じられるかもしれないが、慣れてくれば、それほど煩わしさも感じなくなるものだ。

たとえば、朝起きる、衣服を着替える、布団をたたむ、雨戸を開ける、電燈を消す、部屋を掃除するというような日常生活の何でもないことを、一つひとつ着実に片づけていくことが何よりも大切なのである。

何事にも全身全霊であたれ

物事に集中できない人は、布団をたたむにしても丸めるようにたたんだり、部屋を掃除するにしても塵が残るようにしか掃除できないものだ。これは、何事にも全身全霊をもって、徹底して行おうと心がけないからである。

実際、世の中には四十歳、五十歳になっても、いまだにホウキの使い方ひとつ知らずに終わってしまう人が実に多い。

物事にはただちに取りかかれ

やらなければならないことがあったならば、ただちにそれに取りかかるようにしよう。これが気を素直にする方法だ。

そうすれば、気が順調に流れるようになり、気が散ることもなくなる。

また、やってはならないこと、思ってはならないことがあれば、ただちにこれを投げ捨てよう。これが気を確固たるものにする方法だ。

そうすれば、気は確かなものとなり、散り乱れることもなくなる。

ただ、投げ捨てるということはなかなか難しいことなので、まずはやらなければならないことに取りかかって、気の流れを順調にしたほうがいいだろう。

自分の好き嫌いに素直に従え

自分の好き嫌いに素直に従うことも、気が散るのを防ぐよい方法だ。

人間にはもって生まれた性格というものがあり、これは好きだが、あれはどうしても嫌いだという好き嫌いがある。

絵を描くのが好きな人は、たとえそれを禁じられたとしても絵を描くだろうし、医者になるのが嫌な人は、親兄弟がどれだけ勧めても絶対に医者にはならないだろう。

これは当人のもって生まれた性格だから、他人がどうこう言ったところで、それを強制することはできない。

ならば逆に、それぞれの個人がもって生まれた好き嫌いを大切にし、それに素直に従うほうが、より充実した人生を送ることができる。

好きなことをしていれば、自分の持ち味を発揮できる

芝居の好きな人は芝居を観て、相撲の好きな人は相撲を観て、そして、盆栽いじりの好きな人は盆栽をいじるのがいい。趣味というのは、人間の気を充実させ、生気を与えてくれる非常に大切なものだ。

硫黄を好むナスには硫黄を与え、きれいな水を好むワサビにはきれいな水を与えるのは、それぞれの持ち味や本性を最大限に引き出すためである。

もし、それと反対に、ナスにきれいな水を与え、ワサビに硫黄を与えるようなことをすれば、両方とも気が萎縮して、それぞれが本来もつ素晴らしい持ち味を出せなくなってしまう。

これと同じように、人間も自分の好きなことや趣味に素直に従っていけば、自分の持ち味を存分に発揮できるようになる。

すべてのものは時間の支配を受けている

世の中に時間というものが存在する以上、同一のものは存在しない。たとえば一本の松にしても、種子から苗となり、苗から若松となり、若松から成長して成樹となる。そして、その成樹も時間の経過にともなって次第に老いて、最後には枯れる。

このように、昨日の松は今日の松と同じではないし、明日の松も今日の松と同じではない。世の中のすべてのものは、この松のように時間の支配を受けているのだ。

世の中の基本は「無定有変」

世の中の一切のものは時々刻々と変化している。ましてや、日に照らされたり、風にさらされたりすれば、その変化はもっと激しくなる。

つまり、世の中の一切のものは「無定有変」を基本としているということができる。そうである以上、人間だけがこの法則から逃れるわけにはいかない。

石などと違って、人間には感情や意志というものがあり、自分と他者が多様に絡み合いながら複雑に影響しあっている。それだけに人間というのは、生まれてから死ぬまでの間、日々変化し続ける存在であり、その変化も石のような無生物以上に激しく大きいのである。

「努力」よりも「気の張り」はさらにいい

努力という言葉には多少にせよ、苦痛を耐え忍ぶというニュアンスが含まれている。それに対して、気が張るという言葉には、むしろ、苦痛を忘れるとか、こんなことは物の数ではないというような感じがある。

たとえば、深夜に読書していると眠気を催してくることがある。そんなときに、心を奮い立たせて眠らないようにするのが努力だ。それに対して、読書が好きで夢中になっているため、まったく眠くならないというのが「気の張り」である。

つまり、努力というのは「努めて気を張る」ことであり、気の張りというのは「自然に努力する」ことだともいえる。

もちろん、この両者には共通するところもあるが、不自然と自然という差、さらには、「結果を求める」ということと、「原因となる」という点で両者には大きな差がある。

努力もよいが、気の張りは努力にもましてよいことなのである。

気の張りは最高の力を引き出す

同じ人でも、気が張っているときにはふだんよりも優れた人間に見えるものだ。実際、そんなときにはふだんよりも優れた力を発揮することがある。「火事場の馬鹿力」という言葉があるように、力のなさそうな女性が、火事が起こった際に重い家具などを運び出したりするようなことがある。これなども人間は気が張ったときにはふだん以上の力を発揮できる証拠だろう。

学問でも仕事でも同じだ。何事においても気を張って物事に当たれば、その人の最高の力を引き出すことができる。

弓は弦の力で矢を飛ばすのだから、弦がゆるめば遠くに飛ばない。さらにゆるめば、もはや弓として役に立たなくなる。人間もこれと同じで、気の張りがあってこそ物事を成し遂げることができるのだ。それがなくなれば、何事も成し得ない。

「逸《はや》る気」は長続きしない

「逸る気」というのは気がせいて功をあせる気であり、それは長続きしない。「逸る気」の人は、読書をすれば一日に数十巻の書を流れるように読み、文字を書けば千万字を飛ぶように書く。また、旅に出れば、はじめのうちは、たちまちにして山河を踏破するぐらいの意気込みを示すが、すぐに疲れて挫折してしまう。「張る気」は非常によい気である。しかし、「張る気」が一転して「逸る気」になると、物事はすべてうまくいかなくなってしまう。

「昂《たかぶ》る気」をコントロールせよ

幸いに「張る気」が「逸る気」に転化せず、「張る気」の状態をしばらく維持していると、それなりによい結果が出てくる。ただ、そんなとき、人間の器が小さいとか、性格に偏りなどがあると「昂る気」が生じやすくなる。

「昂る気」の表れ方として多いのは、自己主張が強く、他人を圧倒しようとすることだ。たとえば、一冊の本を読むとすれば、まだ三割か四割しか読んでいないのに、その本のことはすべて理解したと自慢する。

あるいは、人がまだ全部を言い終わらないのに、それに対する批判をし始める。さらには、まだ十万円か百万円の金しか手に入れていないのに、一千万円や一億円ぐらいの金はすぐに手に入ると豪語したりする。

これらはまさに気が昂っている人の行いだ。この「昂る気」を有している人は大成することができない。

「凝《こ》る気」は大局を見失わせる

「張る気」の隣にあって、「張る気」と非常に似た気として「凝る気」というものがある。

しかし、似てはいるが、両者の間には大きな差がある。「張る気」はこれから取り組もうとしている対象に向けて自分の心を充満させていくが、「凝る気」は対象に対して、自分の気が埋没してしまっている状態をいう。

たとえば、旅人が道を歩いていくとき、この道はすでに歩き出した道だからといって、右も左も見ずに、ひたすら真っすぐに突き進んでいくようなものだ。これでうまく目的地に到着できればよいが、そうでなければ大変な後悔を招くことになる。

また、碁を打つ場合などでも、戦いの一局面だけに心を奪われて、碁の大局を見失ってしまうのが「凝る気」だ。それに対して、碁の全盤を見渡して、その場面場面で最も有利な手を打っていくことができるのが「張る気」なのである。

「凝る気」で失敗した武田勝頼と「張る気」で成功した豊臣秀吉

武田勝頼の長篠の戦いにおける大敗北などは、いかに「凝る気」が恐ろしいものであるかを示している。一か所に踏みとどまり、後にも前にも、右にも左にも動かず、勝利を収めるまではどんなことがあろうとも退かないという無理な戦いをしたのは、勝頼がまさに「凝る気」の悪影響を受けたからである。

勇者というのはすべて「張る気」が強い人だから、勝頼も勇者には違いない。しかし、惜しいことに、その強い「張る気」が隣気の「凝る気」に転化してしまったために、敗北してしまったのだ。

一方、豊臣秀吉は小牧長久手の戦いで徳川家康に敗北したが、そこで無理に戦線を拡大させず、自分の母親を人質に差し出すなど家康を懐柔して天下統一を早めることができた。これなどは、秀吉が「凝る気」の悪影響を受けず、「張る気」をうまく利用した例だといえるだろう。

一つの状態にとどまるな

人間にかぎらず、動物でも植物でも長く同一状態にあると、枯れたり衰えやすくなるものだ。

動物が同一状態を繰り返すときは、精神も身体も同一の気質と機能だけが使われるため、ある程度までは進歩するが、それからあとは疲弊するだけになる。

人間もこの摂理から逃れることはできない。たしかに、同じ状態が続くことは、ある程度までは安定と幸福をもたらす。しかし、一定の限度を過ぎると、人間の発達進歩は止まり、その次には委縮と不振が始まる。そして、最後には「張る気」まで失ってしまうことになるのだ。

VI

高級な感情を育てる

恐れ、慎め

「修省《しゅうせい》」の二文字は『易経』の中の「大象伝」にある、「君子もって恐懼《きょうく》修省す」という文に基づいている。

恐懼すること、すなわち恐れ慎むことは、将来の自分にとって「吉」であり、修省、すなわち自らの行いを反省することは、事業面で大成功をもたらすことになる。

今の世の中には、修省することが大切であることを知っている人は多い。しかし、恐れ慎むことがどれほど大切であるかを知っている人は少ない。

今の時代の人に最も欠けているのが、この「恐れ」なのだ。

恐れるということは決して卑小なことではない。真摯で敬虔、正直で謙遜、そして心の底から日々精進しようとする崇高な精神をもっている人には、必ず恐れ慎むところがあるものだ。

恐れ慎みが天の助けを呼ぶ

われわれは自分たちの生活を真実のものとし、それを充実させるために努力する。しかし、その努力が恐れ慎みにつながったものでなければ、底の浅いものとなってしまい、その努力が永続することはない。

真に恐れ慎まなければ真に修省することはできず、真に修省できなければ真に努力することはできない。そして、真に努力できなければ真に天の助けを受けることもできないのだ。

自分を大きいと思う者は最も小さい者だ

自分を大きいと思っている者は、最も小さな者だ。自分を強いと思っている者は、最も弱い者だ。自分を賢いと思っている者は、最も愚かな者だ。自分に徳があると思っている者は、最も徳のない者だ。

自分の過去と現在のすべてが正しく美しいとして満足する者は、恐れ慎む境地から堕落して、真の努力から遠ざかっていく者だ。

恐れ慎むことを知らずに、どうして修省を知ることができるだろう。また、修省することなくして、どうして努力することができるだろう。

われわれは常に慎み敬い恐れ、謙虚に自らを省みなければならない。

感情にもレベルがある

知識のレベルの違いはよくわかるものだ。知識レベルの低い者は、高い者から教えられたり批判されたりするが、これは当たり前のことである。ところが、感情にもレベルの違いがあるということは世間であまり認識されていない。知識に深浅厚薄があるように、人間の感情についても差異がある。

Aの感情は精緻でBの感情が粗雑であれば、Bの感情はAの感情に比べて低いレベルにあることになる。また、Cの感情は偏屈でDの感情が円満であるならば、Cの感情はDの感情に比べて低いレベルにあるといわなければならない。

高級な感情を育てよう

長年品性を磨くことを心がけてきた人の感情や、向上心をもって修練した人の感情は、ただ単にお金儲けをしようとしてきたり、酒に溺れ無為な生活をしたりしてきた人の感情に比べると、はるかに気品がある。

感情もまた知識と同じように高低があり、高級な感情は低級な感情以上に大切に育てていかなければならない。

高級な感情とはどういうものか

身近な例で考えてみよう。

一人の貧乏そうな身なりの老婦人が雨上がりの泥水の中で転倒した。それを見て、Aは口を開いて笑い、Bは眉をひそめ、Cは気の毒に思い、Dは冷たく顔色も変えず、Eはバカにする表情を浮かべた。

これは各人各様のその時の感情を表したことになるが、これらの感情の中では、気の毒に思う感情が最も高級な感情であることは誰でも容易に理解できるだろう。

しかし、これがお嬢様風の美少女であれば、各人の感情は大いに違ったものとなるだろう。ただ、これが人が転倒するという同一の事態であることを冷静に考えれば、転倒したのが貧乏な老婦人であろうと、美しいお嬢様であろうと、品格のある高級な感情さえあれば、どんな場合でも同じような思いやり、気の毒に思う感情をもたなければならないのである。

感情は私有物ではない

知識は共有物で、感情は私有物だと思っている人が多い。

つまり、真理は一つだから、知識はどの人の所有物でもないと誰もが認めるところと思われている。

その一方、感情は各個人の私有物であり、相手の感情に同調する必要はないと思われている。そのような考えをすると、自分の感情を主張するばかりとなって、自分の感情を向上させたり純化させたりしようなどとは思わなくなってしまう。これは、はたしてあるべき姿なのだろうか。

知識が個人の私有物でないのと同じように、感情も個人の私有物ではない。真の知識や高級な知識の前では、誤った知識や低級な知識は黙ってうなずくしかないように、公正円満な感情の前では、偏屈で粗雑な感情は投げ捨てるしかないのだ。

低級な感情は低級な知識よりも危険だ

低級な感情をもった人と低級な知識をもった人を比較してみよう。

低級な知識の人というのは、ただ能力が不足しているだけだから、それほど害があるわけではない。

それに比べると、低級な感情の人は無益な争いや危害を引き起こすことが多く、より危険な存在であるといえる。

こうした有害無益な低級な感情の発生を警戒し、各人が大いに反省しないかぎりは、いつまでたっても社会の進歩はありえないだろう。

同じ職業の中には同級感情がある

それぞれの職業の中で共通するのが同職感情だが、よく見てみると、この同職感情の中には同級感情とでもいうべきものが存在していることがわかる。

つまり、同じ階級にある人は同じような感情をもつようになるということである。

どんな職業でも、リーダーはリーダーに共通する同じような感情をもつようになる。また、その下で働く部下は部下で同じような、そして、そのまた下の部下は部下で同じような感情をもつようになるものなのだ。

階級が異なり、職責が異なり、日ごろ接触する人が異なってくれば、感情が異なってくるのは当然である。階級も職責も同じで、接触する人も同じであるなら、その感情が同じようになるのもまた当然のことなのだ。

仲間はずれになることを恐れるな

同級感情の問題は学校にもある。同級感情にうまく順応しているあいだは同級生のあいだの評判もいいが、勉強に力を入れて急に成績を上げたりすると、同級生からいじめられたり仲間はずれにされたりする。

これは勉強だけでなく、遊びでも運動でも同じことだ。同級生の一般レベルを超えてしまうと、仲間はずれにされてしまうのだ。

逆にいえば、仲間うちの同級感情に順応しているかぎりは安全ということになる。同級感情に埋もれてさえいれば、平穏無事に過ごしていけるというわけだ。しかし、われわれはそんなことで満足していていいのだろうか。

向上心をもって同級感情を打ち破れ

人間というのは向上心がなくなったらおしまいである。知識でも、社会的な地位でも、精神面でも、より一段上を常に目指すのが人間の本性というものだ。

問題は、向上心と同級感情は対立し矛盾する関係にあるということだ。同級感情は他の人間と並んで生きていこうとする感情だから、その中にいるかぎり、人は成長できない。

世の中には、同級感情にとらわれて身動きできなくなっている人が非常に多い。逆に成功している人をよく見ると、どんな分野の人であれ、多くは同級感情を超越している人だということがわかる。

同級感情にとらわれず、自分より上級者の感情や立場に立って一生懸命仕事に励めば、必ず好結果を得て人から認められるようになり、自分の属する階級から抜け出すことができるようになる。

今すぐに同級感情と決別し、一段上の人間になることを目指そう。

悲観は高貴な感情だ

悲観は人間が他の動物よりも優秀であることを示す高貴な感情である。

しかし人間でも、狭い心の者や品性下劣な者は、悲観することが少なく、ただ自分の利益や自分の身を守ることだけしか考えず、不満だらけの毎日を送っている。

しかし、これもその人の能力が次第に大きくなり品性も向上してくると、少しずつ悲観する能力も増してくる。言い換えれば、悲観の感情をもてる者は、高貴で優秀な感情を自分の心の中で育て上げているといえるのだ。

悲観は自己中心思想を抑える

もし純粋に自分一人だけをすべての中心においてこの世の中を生きていくとすれば、悲観などという感情が発生したり存在したりする余地はないだろう。自分の権利を拡張し、自分の力を発揮し、自分の繁栄と幸福だけを考えるならば、まったく悲観などする必要はない。悲観などすれば自分が不利になってしまうので、それを避けるようになるだろう。

自己中心の思想と自己拡張の欲望だけにまかせて世の中を渡っていこうとすれば、悲観することは自己中心の思想と自己拡張の欲望にとっては障害にしかならず、有害無益となる。

というのも、悲観の中には必ず自己中心思想を抑制する謙譲の精神が含まれており、自己拡張の欲望が無限に膨らむのを抑え、自分の持ち物を人に与えて貢献したいという感情が自然と湧いてくるからだ。

どこまでも自己中心で、自己拡張することのみに終始するのは、人間がまだまだ未発達で哀れむべき状態にあることを示しているのである。

自己の利益を超越して悲観をもて

日本語の「かなし」というのは「愛の切なる」という意味に通じているが、まさにこの他者への清く美しい「愛の切なる」感情そのものが悲観なのである。

悲観は自己の利益を超越したものであり、自己の利益にさかんに取りつかれているかぎりは、まだまだ真の悲観の境地に到達することはできない。

人間というのは、自己の利益を満足させることができるようになってはじめて、悲観の感情を抱くようになれるものだ。

悲観と怯観《きょうかん》を混同するな

自分の前途に絶望し落胆して、自分のことを敗残者のように考えるのを悲観だと思ってはいけない。悲観はそのような愚劣なものではない。

自分の将来に対して疑問と恐れを抱き、絶望のあまり心を病んで脱力状態になるようなことは「怯観」とも呼ぶべきことであり、決して悲観などではない。

悲観できるようになってはじめて、人間としてふさわしい存在になったといえる。自他ともに悲観を抱けるような人間でありたいものだ。

犠牲的行為の価値は動機にある

自ら進んで犠牲となることは、もちろん否定されるべきことではない。

では、その犠牲的行為の価値は何が決めるのか。それはその動機による。一人のため、一家のため、一国のため、芸術のため、正義のため、宗教のため、真理のためなど、何のためにそれをするのかによって、「その犠牲の価値」が決まってくるのだ。

犠牲になることができるのが最も自由な人だ

世の中の価値というものは、そもそもあまり物事の価値がわからない人間がつけるものである。しかし、自分の一身を犠牲にしようとするような人の眼中には、すでに価値などといった無意味なものはなくなっているので、気分は非常にすがすがしく、自由を妨害するものは何もない。

犠牲者となり得た人というのは、すべての自由をなげうって、その上で最大の自由を得た人である。自由をつかみとるなどという境地ではなく、まさに心身これ自由、自由これ心身といった状態で自由を体現し得た人なのだ。

惜しい、欲しい、褒められたい、愛されたいなどという種々の世俗的な束縛からすでに脱して、自由になっている人なのだ。すなわち、犠牲になることができる人というのは最大の自由を享受している人のことなのである。

犠牲的精神が進歩発展をもたらす

高尚な精神をもって犠牲になろうという人がいない世界は、いったいどうなるのだろうか。その国や郷土、また、芸術や宗教は、いったいどうなるのだろうか。

その必然の結果は退廃と退歩である。清新な文明の樹立や進歩発展は絶無となるだろう。文明史を飾る光り輝く星はすべて犠牲者であり、まさに火炎の中や冷水の中に飛び込んで、わが身を灰となし、わが血を氷となすことをいとわなかった人々だ。人類の歴史というのは、これらの人々によってはじめて意義をもつことができたといっても過言ではない。

自分の心の奥底の声に動くのが真の犠牲者だ

明治維新前後の政論は幼稚なものだったし、国家の歩みも困難なものだった。しかし、その時代に犠牲的精神がみなぎっていたことは事実であり、一切の外圧と内紛に耐えて、明治国家は興隆した。

もし、犠牲的精神をはかる機械があれば、国家の盛衰興亡は火を見るよりも明らかに計測できるだろう。

しかし、犠牲を人に強要してはいけない。真の犠牲者というのは、みな自分の心の奥底の声に感じて動くものであって、耳もとのラッパの音に動かされて身をなげうつものではないからだ。犠牲となることは世間を超越した行動なのである。

身代わりと犠牲を混同するな

犠牲に関して間違ってはならないのは、誤った時代道徳に引きずられて犠牲になってはいけないということだ。それはいわゆる奴隷の道徳を承認するものであり、その意義は乏しい。

日本の小説や戯曲には身代わりの話が非常に多いが、実際にも同じことがしばしば見られる。この身代わりというのは人のために犠牲になることであり、その心情の美しさはいうまでもない。

しかし、自分を奴隷のように取り扱うということには感心できない。道徳に殉じることはよいことだが、道徳の形式に殉じることはよくないことである。

正義や真善美のために殉じるのはよいことだが、他の個人のために殉じることはよくないことだ。個人と個人は対等である。他の個人のために犠牲となるのはその人の自由だが、自分を奴隷のようにして無意味に犠牲になるのは決して好ましいことではない。

三毒に染まるな

昔からいわゆる三毒といわれるものがある。「貪（とん＝むさぼる）」「瞋（しん＝怒り、憎む）」「癡（ち＝愚か）」の三つだが、これらは人間にとって大変な毒になる。

世の中の乱れや人間の騒々しさはすべて、これら三つの大毒から発しているといっても過言ではない。これら三毒を取り除くことができれば、世の中は平和になるだろう。

しかし実際には、貪りの心は盛んに燃え上がり、怒りと憎しみの心は燃え立ち、愚かな心もそのまま居座って、すさまじいまでに荒れ狂っているのだ。

現代の三毒は「老毒」「壮毒」「自覚毒」だ

前に述べた「貪」「瞋」「癡」の三毒に対して、私は現代の三毒を考えた。それは「老毒」「壮毒」「自覚毒」の三つである。このあとにそれぞれ述べていくが、世の中をよく見てみると、今と昔で大きく変わったところはない。

実際、人間は二代や三代でそれほど大きく変わるものではない。今は昔とは比べものにならないほどよくなっているというのは、今の人のうぬぼれにすぎないし、昔は今と比べものにならないほどよかったというのも、昔を好む人の思い込みにすぎない。

昔の人だってそれほど愚かだったわけではなく、今だって必ずしも昔に劣っているわけでもない。

まさに、今は昔と同じであり、昔は今と同じである。その意味では、私がいう現代の三毒もそれほど目新しいものではないかもしれない。

とかく古いことを好むのが「老毒」

現代の三毒の中で最もその毒が明らかで、しかも強力なのが「老毒」だ。人がすること、言うこと、思うこと、すべて昔あったことや経験したことにこだわって、とかく古いことを好む人がいる。これは老毒が体に回っている証拠だ。

活発さや新鮮さを求める意欲も工夫もなく、ただただ無事・無難であることを願うのも老毒の回った証拠といえる。

老毒が回ると先の心配ばかりするようになる

これから起こることの見込みばかりを大切にして、今しなければならないことを軽視するのも老毒のせいである。貯金のことばかり考えるようだったら、老毒の回りも相当激しくなっていると考えていい。

息子や娘の結婚相手を心配するようになったら、老毒の回りもかなりのものだ。自分の墓地を買ったり石碑を注文したりするというのは、老毒の回りも最高頂だろう。もはや助かる見込みはない。

また、お金を慈善事業に寄付したりするのは、老毒の回り方として上品だが、社会的な地位や勲章を欲しがるなどというのは老毒の末期的症状の一つだ。

自分は老毒に侵されていないか？

老毒の回った人は、妙に高慢になる。そして、世話焼き、干渉好きにもなる。物事を自分勝手に解釈し、自分と異なる意見を受けつけなくなる。

また、何でもよいことは自分の手柄にしてしまう。そのくせ、大胆な行動をとることは避けたがり、自分の体を張って率先して行動することは好まない。

老毒の回った人は、みな小うるさく意地悪く強欲で、消極的だ。また、自尊心が強く強情でもある。

若者がバカなことをするのは「壮毒」のせい

若者が元気すぎるゆえに問題を起こすのは「壮毒」によるものだ。これは血気盛んな二十歳前後の若者に見られる毒である。

恋愛に陥ったり、それにまつわる無意味な哲学的思索に陥ったり、あるいは、誇大妄想的になって自分の力では解決できないような大問題に取りかかってみたりする。

最も下劣な連中は、仲間や教師をいじめて面白がったりする。また、政治的活動に飛び込んで石を投げたり棒を振り回したりもする。

さらには、酒や女に溺れたり、文学者や詩人きどりになったり、むやみに成功熱に浮かされて一攫千金を狙うようになるのも、すべてこの壮毒のせいだ。

「わかったつもり」が「自覚毒」

自覚毒というのは、実際には何もわかっていないのに、「すべて自分はわかっている」と自分勝手な錯覚を起こす毒である。

この毒が回った者は、男女にかかわらず、みな他人への遠慮や気配りがなく、わがままな振る舞いをしても平然としている。

彼らには、他人のことなどお構いなしに人ごみの中を押し分けていくような見苦しさがあるものだ。

VII

シンプルな生活を送る

世の中の雑事に惑わされるな

わずらわしい出来事や複雑な組織というのは、世俗の文明にはつきものである。世俗の文明は、われわれの生活の本質とはあまり関係のない、役に立たない細々とした雑事だけを提供していると考えていい。

もしこれが文明というものならば、そんな文明はわれわれにとってそれほど感謝すべきものでもないだろう。しょせん、文明というのはわれわれの五感に目まぐるしい衝動を与え、われわれの生命の油を無益に消費するだけなのだ。

言い方を変えれば、文明というのは、われわれから真の生活の意義を断片的に奪い去り、真の生命を絶え間ない小さな刺激によって麻痺させ、その本来の精神活動を阻害するものなのだ。そんな文明の中にいると、われわれは、外界とのやりとりに一生振り回されて、空しく死んでいくだけになるだろう。

世俗的満足を超えた理想をもて

世の中には、文明がもたらす世俗的満足こそが、人間が望むべき最高の目標であると考える人がいる。しかし、それだけで満足するのも情けない話だ。うまいものを食べて、きれいな服を着て、友人たちと楽しく過ごせれば満足だというのでは、人間としてあまりに単純すぎるのではないか。

それだけで終わらないのが、人間らしい生き方だろう。そうした世俗的満足以上に要求する何か別のものがあるはずだ。それを理想といってもいいし、願望といってもいい。呼び方はいろいろあろうが、見逃してはならないのは、物質がもたらす世俗的な満足とは別のものを得ようと努力することが、まぎれもない人間の自然な欲求だということだ。

シンプルに生きよう

物質的な進歩発展は喜ぶべきことである。しかし、物質面のみ進歩するのは、社会全体にとって決していいことではない。

特に、ひたすら贅沢になっていく方向の進歩は、世の中を複雑にし、社会を煩雑なものにしているだけだ。

一部の人は、物質優先主義をあらためてシンプルな生活をしようと叫び始めている。これは世俗的物質文明に満足できなくなった人たちの嘆きの声であると同時に、内的な精神生活の充実を求める声であると理解すべきだ。それはまさに社会全体を覆っている近代的物質文明に対する反逆といえるだろう。

今の複雑になりすぎた世の中に対して、シンプルであることほど効果のあることもないだろう。

シンプルにすべきなのは外面だけではない

シンプルにすべきなのは、服や装飾品の贅沢をしないといった外面的なことばかりではない。教育、政治、芸術など、世の中のすべてにわたることをシンプルにすべきだ。

シンプルであれば心は乱れない

常にシンプルであることを心がけていれば、シンプルでないものがよくわかるので、それを除いて整理することができる。

そうすると、心が乱れることもない。人が心を乱している原因は常にシンプルでないことから生じているのである。

貧乏があなたを苦しめるのではなく、あなたが貧乏に苦しむのだ

貧乏が人を苦しめるのは当たり前のように思われる。しかし、よく考えてみれば、貧乏が人に利益をもたらすことがないとはいえない。

貧乏を恨むよりも、むしろ貧乏の長所を活用して、物事の道理がわかり心が穏やかな人となれるようにしたほうがいい。

実際のところ、貧乏に苦しめられるということ自体が疑わしいのである。苦しむのは自分であって、他人ではない。苦しむのが嫌ならば苦しまなければよいのだ。

他人のことは自由にならないが、自分のことであれば自分の自由になるはずだ。「貧は人を苦しめず、人、貧に苦しむ」という有名な言葉がある。これは随分無理な言葉に聞こえるかもしれないが、そこには真理が含まれている。

貧乏は人間を鍛える

貧乏の効用を考えてみよう。

まず第一に、貧乏は人間を鍛える。数多く打たないかぎり、鉄は役に立つようにはならない。また、高熱を加えなければ、鉄は形をなさない。

これと同じように、人間も貧乏によって鍛えられてはじめて人間としての形をなすようになる。

貧乏は人間を鍛えるということは昔から言われてきた。しかし、これは言い古されてきただけのことはある厳然たる真実なのである。

貧乏は真の友人を残す

貧乏の効用の第二は友を洗うことである。冷水のような厳しい貧寒が身に迫れば、ハエや蚊のような悪友はみな逃げ去ってしまい、気骨と熱血のある真の友だけが残る。

たとえ天下に百千万人の友がいたとしても、そういう連中は頼りにならないが、ただ一人、二人の友だけが真に頼りになる。また、天下に百千万人の敵がいたとしても恐れることはないが、ただ一人、二人の敵こそが真に恐れるべき存在なのだ。

貧乏という水で洗ってみると、たいていの友のにこやかな顔の上の笑みは剝げ落ちてしまう。無益な友というのは晩飯の友にすぎない。つきあっていても利益はなく、害のみ多い存在だ。

貧乏は真実を悟らせる

貧乏の第三の効用は真実を悟らせてくれることだ。この世の中には、偽物やまがい物が多く、本物を見つけ出すことは難しい。もちろん、昔からの形式や習慣などが現在まで残っているのにはそれなりの理由がある。しかし、今のように形式化した様子を見ていると、その原点となった意味がわからなくなっているものが多く、その真の精神も形骸化している。

聖人賢者の教えや哲人の言葉も、学校の先生や寺の僧侶や教会の牧師から聞かされたのでは、耳でその言葉は受け取ったとしても、心では受け取っていない。言葉は与えられても、その言葉のもつ生命までは与えられていないからだ。

ところが、いったん貧乏の中に立ってみると、一切の虚飾が取り除かれ、その言葉の真実が理解できるようになり、古人の教えの正しさがひしひしと身に迫って感じられるようになる。

貧乏は人間を成長させる

貧乏の第四の効用は人間を成長させることだ。自分を訪問する人が誰もいないようなときは、訪問客がひっきりなしにあるときよりも、人間の成長にとって必要な貴重な時間を与えてくれる。

もちろん本人に志がなければどうしようもないが、志がある人間にとっては、何もしない時間ほど志を強く育て上げてくれるものはない。

うるさいアリやハエのような連中ばかりに取り囲まれていては、志が向かおうとする方向に向かうこともできないし、これからしようとすることをすることもできない。

貧乏のために人から顧みられないことはつらいことだ。しかし、それは自分が本来もっている才能を悠然と開花させる貴重な時間をもたらしてくれることになる。

空っぽな人生を送るな

時間と労力とお金を使って旅行した人がいるとする。その人に旅行中に見聞したことについて聞いてみる。ところが、その人は行った先々の山も川も、名所も、さらには名産品、言語、習慣、動物、植物等、何を聞いても知らないという。

これでは旅行に行かなかったのと同じことだ。つまり、この人は空っぽな旅行をしたことになる。

よく人生は旅行にたとえられるが、その通りだ。何十年生きていても、もしその人が日常生活で見聞してきたこと、衣服や飲食物、住居その他身の回りのすべてのことについて何も知るところ、感じるところがないとすれば、その人は空っぽな人生を送ってきた人ということだ。

実際、世の中にはこのような人が非常に多い。

空っぽな人は信頼できない

空っぽな旅行をした人には、どんな名所も意味をもたない。何も理解されず、観察も注意もされていない。

もちろん、何も理解しなくても、旅行したことには違いない。同じように、日常生活について何も理解していなくても、生きていることには違いない。

しかし、空っぽな人生を送ってきた人の意思や感情というのは、信じられるものだろうか。尊重する価値があるのかどうか、よく考えてみる必要がある。

教育は空っぽな人間を生産している

学生というのは、列車や飛行機に乗って運ばれている旅行者のようなものだ。実際の生活とは関係のない習慣を教育によって与えられているので、その後成長してからもその習慣はなかなか変わらない。

そのために、実際の生活にうまく適応できない空っぽな人間が非常に多く生まれてくることになる。そして、その空っぽな土台の上に、一見立派な意思や感情を築き上げていこうとするのだから、うまくいくはずがないのだ。

空っぽな人間が社会をだめにする

世の中には、夢のような現実離れした気持ちで空っぽな生活をしている人間が非常に多い。こんな空っぽな人間を相手に売るとなれば、商品もいい加減なものになる。手抜きばかりが増えるだろう。また、不出来な製品でも、値段が安いということだけで歓迎される。

こうして、すべてのものの品質が低下し、それを作る人間の技術も劣化し、やがて社会全体がだめになっていくのだ。

毎日の生活を充実させよう

有名ブランドの商品名は知っていても、自分が食べている野菜や米、自分が手にしている食器の良し悪しもわからないというのが現代人だ。

また、政治や経済についてあれこれ批評しながら、一方で、夫は妻の、妻は夫の扱い方を知らないというのも現代人の欠点だろう。

大学まで通って高度な知識を得た人は多くなっているが、実際の生活について無知ならば、人生は空っぽになる。意思も感情も中身がなくなって非常に危険なことになる。

一度、自分自身のことを振り返ってみよう。

新しいことがいいとはかぎらない

新しいもの、最新のものであれば何でもよいものであるかのように錯覚する人がいる。実際には古くさいものでも、「新」という字をつければ飛びつく人がたくさんいるのだ。

しかしよく考えてみればわかるように、何でも新しければいいというものではない。

新しくあるべきものが新しいことはいいことだ。ビールは新しいものがいいというのは、新しくあるべきものが新しいからいいのだ。「新しい＝いい」ということではない。ビールは新しいほうがいいからといって、ワインも新しいほうがいいということにはならないのだ。

古ければいいということでもない

ビールは新しいほうがよくワインは古いほうがいいといっても、注意が必要だ。新鮮なビールだからといって、醸造法と材料が悪かったらいいビールができないのと同じように、古いワインだからといって、原料、醸造法、保存法が悪ければ、いいワインにはならない。ワインでも「古い＝いい」ということにはならない。

「新しい＝いい」ということが非論理的なのと同様、「古い＝いい」ということも非論理的なのだ。薬でもそうだ。新薬だからよく効き、旧薬だから効かないということはない。新薬でも効き目がないために捨て去られるものも決して少なくない。それとは反対に、旧薬でも昔から愛用されていまだにその効き目を評価されているものも少なくないのだ。

価値のある古さこそが重要だ

時代の風潮はさまざまだ。あるときには古いことが尊ばれ、またあるときには新しいことが尊ばれる。

もちろん、古いことを尊ぶことにも欠点はあるが、古いからといって尊ぶ必要がないというのも行きすぎだ。古いことを尊ぶのは、それが古いからではなく、その古いものの中に何らかの優れた点があるからでなければならない。

古ければ価値があるというのは骨董屋の見方になってしまう。

新しさや古さは善悪とは関係ない

要するによいものだけがよいのであって、新しいとか古いとかいうことはまったく関係ない。

物事の名人や達人が古いものを捨て新しいものを選択するというのは、古いもののよくないところを捨て、新しいもののよいところを選ぶということなのだ。

だから、名人や達人は、古いものを切り捨てるといっても、よいところは残しておく。また、新しいものを選ぶといっても、そのよくないところは切り捨てているのだ。

「昨日の新」は「今日の古」

どんなものでも「昨日の新」は「今日の古」になる。いつまでも同じ状態にあることはできない。

人間のすることはすべて、新しいことのように見えても、新しいものなどは一つもなく、どれも古く昔からあることばかりだ。

新しいか古いかではなく善悪を人生の指針とせよ

人間は新しさや古さだけを物差しとしてはいけない。善悪を物差しとして、適切な判断をするべきである。そうすれば、正道を踏みはずすことなく生きていくことができる。

順当に行くことのよさ、逆さまのよさ

何をするにも「順当」ということがある。自然の秩序に応じて適切に対応していくことは必要であり、正しいことである。決して帽子を足にはいたり、靴を頭にかぶったりしてはいけない。

しかしながら、世の中には順当の裏返しである「転倒」の妙、すなわち「逆さまの妙味」というものがあることも忘れてはならない。

それはどんなことかというと、順当に反したこと、自然の順序を違えたこと、大勢の序列に逆らうことなどだ。そうしたことを行うことで、まさに絶妙の味が生じてくることがあるのだ。

上の者は下の者より苦労せよ

先生が生徒よりも朝早くから夜遅くまで勉学に励めば、それは自然に生徒に対して好影響を与えるようになる。

商店主にせよ、企業の重役にせよ、そうした上の立場にある人間が部下たちよりもよく働くということは、まさに逆さまである。

しかし、それが逆さまだったとしても、高い地位にある人間が低い地位にある人間よりも身を苦しめ働くとき、その影響は決して無駄に消え去ることはない。そこには必ず何らかのよい結果が出てくるものだ。

VIII

自分と人の能力を伸ばす

物事の成果はそれにかけた時間によって決まる

人の世の幸福や文明はすべて人間の行為の結果であるが、その行為は時間を掛け算することによってその威力を発揮する。

一時間の耕作は二時間の耕作の二分の一にしかならず、十時間のノコギリ引きは五時間のノコギリ引きの二倍の成果をあげることができる。

本来、人間の行うことは計量しがたいものだが、それでも、これを大局的に見れば、それは「加減乗除」の枠外に出るものではない。道徳的な行為でも知識的な行為でも、すべてはそれに一定の時間を費やすこと、すなわち行為と時間の掛け算がその効果の大きさとなるのだ。

時間を尊重せよ

人間に関することで時間のともなわないものはなく、時間によって支えられている物事に時間の威力が働いていないものは何もない。その意味でも、世の中で最も重要なものは時間であるといえる。

時間尊重の観念は、個人の年齢が高くなるにつれますます増進するだけでなく、人間の文化が開け世の気運も大いに進むにつれますます増進していく。大昔の野蛮な時代から中世、そして中世から今の時代に至って、時間尊重の観念は一層人間の間において痛切なものになっている。

時間短縮が進歩をもたらす

古い時代にあっても、聖賢といわれる人は時間を尊重していたが、普通の人たちは一匹の魚を獲るのに半日を費やしたり、一羽の鳥を捕まえるのに一日を費やしたりしてもまったく後悔しなかった。

ところが今では、普通の人でも、誰もそのようなことで満足するものはいなくなった。誰もができるだけ時間を有効に使って、その貴重な時間を価値あるものにしようと望んでいる。

無意味に時間を消費しないようにするだけでなく、二時間かかることを一時間でやってしまったり、五日かかることを二日でやってしまおうと考えるようになった。

こうした考え方が浸透するにつれ、世の中も大いに変わり複雑となり、人類の文化は長足の進歩を遂げた。これは抽象的にいえば、「過程の短縮」ということであり、まさにこのことによって個人や社会は飛躍的に進歩することになったのだ。

過程の短縮を目指せ

人間の欲望は無限だが、人間の寿命は有限だ。その意味でも、人間は過程の短縮に向かって努力しなければいけない。

何事においても、過程の短縮に成功したものが成功者となる。過程の短縮に成功したものは時代の要求を満たし、時代の流れに適合し、社会を進歩させる世の中の恩人となる。

企業人は言うに及ばず、どのような分野においても過程の短縮という点で多少なりとも進歩させることができたならば、その人は大成功者になるだろう。

今の世の中では、どんな職業の人でも、真に社会のために役立とうとするのであれば、過程の短縮ということを目標としなければならない。

「可能率」の高いものは予備力が大きい

鉄線を強い力で引っ張り続けると、限界に達して切れてしまう。鉄線が切れる寸前の、引っ張る力に耐える最高の数値を、引っ張る力に対する鉄線の抵抗の「可能率」という。

二百キロの重さがあるものを、一本の鉄線が吊り上げているとする。また、同じ二百キロの重さがあるものを別の鉄線が吊り上げているとする。

この両方の鉄線が切れないかぎりは、両方の作業能力は同じだといえる。しかし、両方の鉄線が同じ太さであっても、一方は普通の鉄線で、もう一方は特別な強さの鉄線であるとすれば、いま吊り上げている重さは同じだったとしても、可能率については特別な鉄線のほうが高い。

可能率の高いものはそれだけ予備力が大きいので、実際にはより優秀であり、作業範囲も広く、長時間の使用に耐えることができる。

人間の差は非常時にこそ表れる

同じ太さの鉄線の能力にさまざまな段階があるように、人間の能力もさまざまだ。特に体力と精神力の二点において、人それぞれの差は顕著に表れる。

しかし、日常の仕事や生活においては、各人のあいだにそれほど大きな差があるわけではない。同じくらいの会社で同じくらいの地位で働いている場合、人によって能率の違いはあるとしても、日々表れてくる成果には、それほど大きな違いはないだろう。

人間の差は通常時には表れにくいものである。しかし、非常時になると、可能率に違いがある場合、その差は大きなものになる。

たとえば、仕事が非常に忙しくなったときとか、何か問題や騒ぎが起こったときには、通常の何倍もの力が要求されることになる。そして、そういう場合にこそ、それぞれがふだん養ってきた能力の差というものが歴然と表れてくることになるのだ。

自分の可能率を拡大させよ

ある人は一晩でも徹夜すると心身ともに疲労困憊して、それ以上何もできなくなるが、ある人は二晩徹夜してもなお余力があり、ふだんと変わらないように仕事ができる。

可能率の高い人というのは、その人一人の幸福にとどまらず、会社や社会の発展にも役立ち、他の人の幸福をも増進することができる。

だからこそ、自分の可能率を拡大するように努力することが大切なのだ。自分の可能率を拡大できるように努力すれば、他の人々や社会により大きな貢献ができるようになる。

能力は鍛えなければ低下する

人間の能力は向上させようと努力すればするほど伸びる一方、努力をしなければどんどん低下していくものだ。

したがって、自分の可能率を高めたいと思うならば、現在の自分の最適標準よりも高いところを目標とすべきである。自分の最適標準よりも低いところで満足しているようであれば、可能率は確実に低下していくことになるだろう。

安易なやり方をしていると精神力が衰える

胃に負担をかけずに食物を消化していると、胃の能力は日に日に落ちていく。手足をよく使わないでいると、手足の能力も日に日に落ちていく。

世の中には、何事も安易で楽なやり方ばかりを好み、それによって精神力を日に日に衰えさせている人が実に多い。

人間の可能率が心身ともに低下していく傾向があるのは本当に心配だ。

自己啓発の方法に注意せよ

自己啓発ということ自体は実によいことである。しかし、その方法は一本の道だけではない。さまざまなやり方がある。そして、それらの中には正しいものもあれば、間違ったものもある。また、効果のあるものもあれば、まったく効果のないものもある。

自己啓発という言葉に惑わされて、実際の方法についてはあまり考えないというようなことになってはいけない。自己啓発を万能薬のように妄信してはいけない。

自己啓発は功利中心になってはいけない

自己啓発に、浅薄な功利を中心としたものが多いのは残念なことだ。「こうすれば富が得られる」「こうすれば事業も成功する」などといった功利的な教えだけが盛んになれば、必ず弊害が出てくる。

功利中心の自己啓発をすべて否定するわけではないが、そうしたケチくさい実際的な教えは、人間の英気をくじき、勇気を萎えさせ、非常に姑息で情けない人間にしてしまう。

自分を磨こうというのなら、功利中心ではない道を選ぶことが真の利益につながる。ちょっとした実際的利益など得たところで、むしろ、その人間の器を小さくしてしまうだけだ。こせこせした習慣だけ身につけて何になるだろう。

気概のある人間は、他人の足跡をたどるようであってはいけない。重要なことは努力だ。自分自身の努力だ。きみに自分の歩むべき真の道を見出させてくれるのは、きみ自身の努力だけなのだ。

世の中に生やさしいことは一つもない

世の中に生やさしいことは一つもない。紙の上に真っすぐな一本の直線を引くのでさえ、そう簡単に笑いながらできるものではない。

何事も注意深く工夫することによって、はじめて何とかまともにできるようになるものなのだ。われわれにとっては、人生の何もかもが難行苦行であると心得なければいけない。

ましてや、よりよい生活をしたいと願う者、新たに事業を起こそうとする者、社会的に高い地位につきたいと願う者にとっては、自分の理想を実現することは本当に容易ではないことを最初から覚悟すべきである。

人は何か欠けているのが当たり前

人間は、才能はあっても性格に欠けているところがあったり、性格はよくても才能に欠けていたり、あるいは、両方が欠けていたりするものだ。

世の中に才能も性格もすべてに恵まれている人というのは存在しない。そうした才能や性格が十分には備わっていないといって自分を責めるのはいいが、他人に対しても完全であることを期待するのは過酷というものだ。

何事も根を育てるのが最も大切だ

美しい花や大きな果実を育てる方法にはさまざまなものがある。花に関していえば、花の数を少なくして、より多くの栄養分が花に行き渡るようにすることも一つの方法であり、これは果実についても同じことがいえる。

また、接ぎ穂をしたり、取り木をしたりして、他の木から優れた性質や能力を取り入れるのも一つの方法だ。あるいは、温度を調節したり、害虫を駆除したり、風や霜の害を防ぐなど保護をほどこすこともある。

このように、花や果実を育てる方法にはいろいろあるが、やはり何といっても最良の方法は根を養い育てること（根本培養）だろう。

なぜなら、花や果実の数を少なくするようなやり方も、結局のところは、根がしっかり育てられてはじめて有効なのであり、それが十分にできていないかぎりは、何をしてもうまくいかないからである。

見当違いの努力は失敗に終わる

人間の場合も、真の根本を見つけ出し、それをよく培養したなら、その人は好結果を得ることができるだろう。

しかし、真の根本でないことにどれだけ努力をしたとしても、その人は確実に失敗することになる。

とはいえ、これを実際の具体的な問題に当てはめて解決していこうとすると、分かれ道が多くて、どこから手をつければいいのか迷ってしまう。

世の中には聡明な人が数多くいるが、そうした人たちでも、自分の志と違って物事をうまく成就させることができないのは、自分が物事の根本だと考えたものが真の根本ではなかったことによる場合が多い。

根本の見極めには細心の注意が必要だ。

IX

事業を発展させる

事業の種類に優劣はない

事業を経営している人々の中には、喜ばれ尊敬されている者がいる一方、疎まれ軽蔑されている者もいる。しかし、その違いは事業の種類によって生じているわけではない。

銀行の経営者は上級で、廃品回収業の経営者は下級だなどということは決してない。どんな業種であっても、不正でない仕事を行っている者はみな同等である。

つまり、どんな事業に従事しているかは事業家の優劣にはまったく関係ないということだ。

事業家の優劣は時間と利益で決まる

それでは、事業家の優劣は何によって決まるのだろうか。その人格も関係するから、いちがいに論じることは難しいが、強いていえば、その一つは利益の観点から、もう一つは時間の観点から判断することができるだろう。

もちろん、こうした判断をしたところであまり役には立たないのだが、私の望むのは、こうした上下高低を目標にして、一人でも多くの人ができるだけ上の高いところを目指してくれるようになることだ。

事業で大切なのは継続性と信用だ

事業というものは、一時的、突発的なものであってはならない。昨日よりも今日、今日よりも明日というように、連鎖が永遠に絶えず、過去、現在、未来と続いていく必要がある。

朝生えて夕方には枯れるキノコやはかない露のように、たちまちのうちに生まれて消滅するような事業は、それが商業であれ工業であれ、国家・国民にとっては不安定なものだといわねばならない。

また、信用がない事業は自滅するほかない。一時的に利益を得るためであれば、信用はそれほど必要ではないだろう。むしろ一時的な事業家というのは、信用を積まずに利益を上げようと急ぐものである。

そもそも、彼らには継続という考えが乏しく、信用の重要性についての認識も不十分である。そのために、事業が不正かつ不良なものに終わってしまうことになるのだ。

堅実に事業を行う事業家はまだ中級だ

恒常的・継続的に利益を得ようと努力する者は中級の事業家だといえる。世の中には、こうした中級の事業家が最も多い。いわゆる堅実な実業家といわれる人たちだ。

彼らにはギャンブル的な気持ちが少なく、投機的な心も薄く、堅実に日々を送っている。自分の事業と心中するほどの勇猛心はないが、少なくとも事業を行っているあいだは浮わついた心もなく、ひたすら真面目に堅実に利益を得ようと努力している。

もっとも、こうした事業家たちの仕事がすぐに国家・国民のために大きな役に立つことはない。しかし、それでも彼らの堅実な仕事ぶりは、世のため人のためになっている。

これら中級事業家が社会に増えていくことは、社会の安定性を増し、社会をより経済合理性のあるものにしていく上では喜ばしいことであるが、永遠高大な利益をもたらす上級事業家にはまだまだ及ばない。

国益を考えるのが上級事業家

永遠高大な利益をもたらそうとする事業家は、一見したところ、中級事業者とそれほど大きく異なっていないように思える。だが、重要な点で両者のあいだには大きな違いがある。

具体的には、上級事業家は常に改良修正を怠らず、時代の要求に応じて古いものを改め新機軸を打ち出すことによって、知らず知らずのうちに社会に大きな貢献をしているということだ。

利益に関していえば、個人の利益だけを考える事業家は最低だ。個人の利益と組織の利益を一致させようと努力する事業家はやや高級だといえるが、真に高級だといえるのは、何といっても国家の利益を考えて努力する事業家である。

世界の利益を考えるのが最上級事業家

高潔で節度ある人間が自分個人の利益のことを顧みず、自分が属する組織や国家の利益のために尽力することは尊敬すべきことである。

しかし、これをさらに一歩進めていえば、世界の利益のことを考えて努力する者が最上級の事業家ということになる。

世界の利益と個人の利益を一致させ、自分の利益が世界の利益になり、世界の利益が自分の利益になるというのだから、尊敬に値するのはいうまでもないことだ。

金と花火は放つときだけ輝く

巨万の富を得ることは、その術に長けた者であれば、それほど難しいことではないだろう。しかし、巨万の富を得たところで、そのことに一体どれほどの価値があるのだろうか。

金と花火は放つときだけ輝くものだ。金銭の獲得を無上の喜びとするような浅ましい感情を超越して、自分が行う事業そのものを楽しんで、その発展に努力する事業家こそが真の事業家であり、人間としても偉大なのである。

取り巻き連中に気をつけろ

自分で店を開き自分が直接先頭に立って販売に従事する人でも、工場を経営して作業に直接携わっている人でも、あるいは、多数の従業員に働かせて自分は経営に専念する人でも、ある一定の期間が経過すると、自分の周りを取り巻く連中が自然にできてくるものだ。

そのように自分を取り巻く連中が出てきたときというのは、非常に危ういときだと認識しておいたほうがいい。まさにこのときから、事業は衰退と縮小に向かっていくのだから。

取り巻きは社会との関係を遮断する

事業主を取り巻き追従している連中が、その事業主に協力していることは間違いない。しかし、彼らはいつの間にか事業主と外部社会とのあいだの障壁となってしまう。

取り巻き連中が事業主と社会とのあいだを隔ててしまうので、事業主は経営者としての真価を発揮できなくなり、事業と社会との関係も希薄なものになってしまう。

本来なら、取り巻き連中は事業主と社会とのあいだに立って、その両者を密接に結びつける電話線や水道管のような役割を果たすべきものだ。ところが、実際にはその反対に、両者のあいだを引き離し疎遠にしてしまう絶縁体になってしまっているのだ。

事業は急に成長するときが一番危ない

枝葉がよく茂る盆栽は梢枯《うらがれ》や裾廃《すそあがり》などの病気を起こして枯れ果ててしまうものが多い。よく茂らない盆栽のほうがかえって安全である。

これは事業の場合でも同じで、あまり急に発展成長しないほうがかえって安全なのだ。実際、事業を急激に拡大して利益を急増させたような場合に、大きな落とし穴に陥り悲劇を招く例は世の中に極めて多い。

少し成功しかかっている事業で急激に設備投資を増やして生産能力を拡大したときには、生産過剰によって大損害をこうむることがある。これは細菌が自分の老廃物のためにもがき苦しむのと同じことだ。

X

人間関係を築く

自助と互助のバランスが必要だ

自助の精神が素晴らしいことはいうまでもない。それは強く健全な精神であり、それを発揮していけば、人は充実した楽しい人生が送れるだろう。

しかし、自助を尊重するのは当然だとしても、極端に自助ばかりに偏ってしまうと、かえってよくないことも起こる。

それはなぜか。自助の精神が強すぎる人間は、その反面、互助の精神に欠けやすいところがあるからだ。これは大変惜しいことである。

自助だけが目標では互助の精神は生まれない

自助だけを自分の唯一の目標としているかぎりは、互助の精神はどうしても欠けやすくなる。

すべて世の中においては、「こうあってほしい」と希望しても、そうならないのが普通である。ましてや、そうありたいと希望もしないことが自然に実現することなどめったにない。

だから、互助の精神をもちたいと希望すらしない人間が、互助の精神に欠けるのは当然のことなのだ。

日本文化は互助の精神を軽視してきた

わが国の人間が互助の精神に欠ける傾向があるのは、互助の精神を賛美したり、その精神から生じる利益を実証したり、あるいは、その精神が高貴なものだと理解してこなかったことが原因だろう。

日本古来の文学や処世訓や道徳上の教えなどを見ると、互助の精神を賛美しているものが非常に少ない。その反対に、個人の真摯な努力、すなわち自助精神の発揮を称賛し鼓舞するものが非常に多い。

宗教を見ても、禅宗でも天台宗でも真言宗でも法華宗でも、その多くは個人対ブッダという一方向だけにその教えは向けられているのである。

互助の欠如は排他につながる

互助の精神に欠けると、農業、工業、商業のすべてにわたって著しい不利益が生じる。

現在の世の中を見てみると、実業家ほど互助の精神に乏しいものはいない。各自が自己の利益をはかるのは当然であり、それ自体は何ら問題ない。しかし、もう少し互助の精神に富んでいたならば、順境のときも逆境のときも、利益はさらに大きなものになるはずだ。

ところが実際には、互助の精神が乏しいだけでなく、お互いに商売敵となってつぶしあいをしているような状況だ。そのために、外国との貿易も国内の商売も伸びていない。

互助の精神が乏しいだけならまだましだが、それが一転してもっと悪い排他の精神や行為になってしまい、自分一人の利益のために同業者を犠牲にするようなことも非常に多いのだ。

すべての堕落の根源は自棄にある

自助の精神の反対である自棄の感情が危険であることはいうまでもない。すべての堕落退廃の根源は自棄にあるといってもいい。人間が自分を棄てるという状態になれば、万事休す、それで終わりだ。

ある人が自助の精神を発揮して、誠心誠意仕事に励んで成功したとしても、同業者からの排他により妨害を受け、著しい損害を受けるようなことが起こる。

これでは、いくらがんばってみてもどうにもならない。そのため、その人間にも自然に投げやりな自棄の感情が芽生えるようになり、次第に、一時しのぎや他人の目をごまかすことで利益を得ようとするようになる。

このように、最初は自助の精神を抱いていた者でも、世間の荒波を経験すると、心の奥底に自棄の感情が芽生えてくるようになることがある。

衝突と闘争は人間の愚かさが原因

人間社会が無益な衝突と闘争を避けなければならないのは、人類の本性からいっても、世界の流れからいっても、当然のことである。

とはいえ、この衝突と闘争ほど起こりやすいものはない。それは人類の愚かさによるものであり、愚かであればあるほど衝突と闘争は起こりやすく、賢ければ賢いほど起こりにくくなるものである。

二者の差が食い違いと衝突を生む

どちらがよくてどちらが悪いということはないが、AとBの二者のあいだに知識の差がある場合、それがかみ合わないことが両者の不満を生み、衝突と闘争の原因となることが多い。

その違いが単に論理的なことであればまだよいのだが、感情面が加わってくると、それでなくても摩擦が多い機械にゴミや砂がまじるようなことになり、いよいよ問題が大きくなってしまう。

これは単に知識の差だけではない。思想の差、感情の差、道徳の差など、どんなものでも差があれば、うまくかみ合うことができない。そして、うまくかみ合うことができなければ、必ず衝突して無益な摩擦を生じ、お互いに攻撃し傷つけ合うことになるものだ。

無意識のすれ違いが最も危険

人間世界の衝突や闘争の大きな原因は、各人の知識や思想の差によるものである。しかし、それらの差以外にも、人々のあいだで争いを生じさせる要因というのが意外に多くあり、それらのためにわれわれは日々悩まされることになる。

それは何かというと、「自然な食い違い」とでも呼ぶべきものだ。「自然な食い違い」とは、知識や思想の差、感情や好みや道徳の差から生じるものではなく、無意識のあいだに相互に生じる食い違いである。これは必然的にそうなるのではなく、偶然にそうなってしまうものだ。その意味では、人情や論理の必然ではなく、運命の偶然と言い換えることもできるだろう。

偶然から人間関係が悪くなることもある

たとえばAが尊敬するBの家を訪問したとする。しかし、そのとき、たまたまBが不在であったため、Aはがっかりして帰る。後日、またAはBの家を訪問したが、この日も運悪くBは不在だったとする。

こういうことが繰り返された場合、Aがそれを偶然のこととして気にしなければよいのだが、そう思えないと、不在の連続による不快感が、一転してBに対する不快感となってしまうことがある。

すると、不快が不快を呼び、最終的にはそれが敵意にまで高まってしまうことにもなる。

相手が不在で会えないといったようなこと以外にも、世の中には、これに類した「偶然の食い違い」もしくは「自然の食い違い」ということが非常に多いものだ。

「余気」に注意せよ

よほどできた人ならいざ知らず、普通の人の場合は、何かがあった後、その「余気」の影響を避けることはできない。余気とは余韻といってもいい。何か嬉しいことが起こった後には「喜気」が残っている。そうした喜気が残っているところへ訪問すれば、気分よく迎えられて、要件も順調に進むものだ。

しかし、何か腹が立つことを経験した人を訪問すれば、その人には「怒気」が残っているため、こちらも不快な思いをさせられることになるだろう。

人があることに遭遇すれば、そこには必ず喜怒哀楽などの余気を残しているものである。

余気は避けられない

自分自身の心がけとすべきは、余気を残したまま他人に接しないということである。しかし、それでも、われわれ一般人はなかなかこの余気を取り除くことができない。

もちろん、いい余気に接した人は問題ないが、悪い余気に接した人は不快と不利益をこうむることになる。

しかし、これもまた「自然の食い違い」の一つであり、自分にとって不都合な余気に接することが、世の中には多いものだ。

このようなことが不和の一因となり、本来なら円満に解決できるようなことも衝突や闘争に発展してしまうことが少なくない。

原点に戻ってお互いを理解しよう

「偶然の食い違い」の結果、ある人とある人とのあいだに不快な感情や打ち解けにくい感情が存在しているということはよくあることだ。

それはたまたま運悪く無意識に起こったものだとして、一度、原点に戻ってお互いに理解すれば、そのほとんどは取り除くことができるものばかりである。

ところが、これを「偶然の食い違い」だと認めようとせず、作り出す必要のない溝や壁を作り出し、争いを招くことがよくある。そうなる前に、原点に戻ることを意識すべきだ。

「偶然の食い違い」を素直に認めるなら、もめ事やいざこざは半分に減るだろう。そして、寛大さや度量の広さ、公平さなどの美徳を自分の中に育てることができるだろう。

人を信じよ

生きていく上で必要なことは数多いが、とりわけ大切なことは人を信じることである。

人を信じることができなければ、何でも自分でやらなければならなくなる。自分が手足を動かすこと以外は何もできなくなる。人を信じることができなければ人は使えないし、人を使えなければ仕事を大きくすることもできないのだ。

店や会社を経営するのであれば、必ず人を使わなければならない。そして、人を使う以上は信じて使わねばならない。疑って人を使うようであれば、その人の能力を伸ばすことなど、とてもできないだろう。

人を信じない人は人から信じられない

目の前の人を信じないということは、その人に対して大変失礼なことであり、人間としての礼節に欠けた行為である。

自分が人に信じられていないとき、どんな気持ちになるかを想像してみれば、人のことを自分が信じないということが、どんなにその人の気持ちを暗いものにするか、よくわかるはずだ。

見方を変えれば、人を信じないということは、信じられていない相手よりも、信じていない自分の心が狭く、すさんでいることを物語っているのだ。

人のことを信じられないような人は、決して人から信じられることはない。

人を信じないと快活さが失われる

「人を見たら泥棒と思え」というのは悪い考え方である。それは結局、自分にとっても不利になる。

たとえよくない人に対しても、よい人と同じように接すれば、その人も自然に感化されてよい行いをするようになる。その反対に、よい人であっても、悪人であるかのように接すれば、こちらに反発するようになるものだ。

人のことを信じないで、人からだまされないようにいつも警戒している姿は見苦しい。そこには、春風のような穏やかなところはなく、寒風のような淋しさしか感じられない。

人を信じないのは、人間にとって最も重要な朗らかさや快活さといった性質を失わせることになる。それだけでも、損失は決して少なくないのだ。

人を信じることは一種の苦行だ

人を信じないことはよくないことだとわかっていても、世の中の荒波をくぐり抜けてきた者には、その中で味わった苦い経験の数々が、人を信じることを妨げようとする。

しかし、それでも、人は信じるべきだ。人を信じようとすることは、ときに苦しいこともあろう。しかし、それは通り抜けなければならない一種の苦行なのだ。

人を信じることが飛躍に通じる

人を信じること自体すでに苦行である。しかし、それに加えて、そこから生じる災難をも受け入れなければならない。そして、そのときになってはじめて、その人の真の姿が現われるのだ。

凡人・小人を信じれば、災難にあうことは決まっている。しかし、あえてそうした凡人・小人を信じることによって、自分自身も凡人・小人のレベルを超越することができるのだ。

人を信じることによってこうむった災難を受け入れ、それに耐えることは、人を凡人・小人から善人・大人のレベルに飛躍させることになる。

実際、世の中をよく見てみると、経済界でもその他の世界でも、あえてこの苦行を経験しそれを乗り越えた人だけが、のちに大人物になっていることがわかるだろう。

幸福のための努力論 エッセンシャル版

発行日 2018年7月15日 第1刷
2021年12月20日 第2刷

Author 幸田露伴
Translator 三輪裕範
Book Designer カバー・帯 LABORATORIES
表紙 廣田敬一（ニュートラルデザイン）
本文 山田知子（Chichols）

Publication 株式会社ディスカヴァー・トゥエンティワン
〒102-0093 東京都千代田区平河町2-16-1
平河町森タワー11F
TEL 03-3237-8321（代表）
FAX 03-3237-8323
http://www.d21.co.jp

Publisher 谷口奈緒美
Editor 藤田浩芳 渡辺基志

DTP アーティザンカンパニー株式会社
Printing 日経印刷株式会社

ISBN978-4-7993-2319-9